叡知の詩学　小林秀雄と井筒俊彦

若松英輔

慶應義塾大学出版会

越知保夫の霊にささぐ

叡知の詩学　小林秀雄と井筒俊彦

目次

叡知の詩学　小林秀雄と井筒俊彦

思うに遠野郷にはこの類の物語なお数百件あるならん。我々はより多くを聞かんことを切望す。国内の山村にして遠野よりさらに物深き所にはまた無数の山神《やまのかみ》山人《やまひと》の伝説あるべし。願わくはこれを語りて平地人を戦慄せしめよ。この書のごときは陳勝呉広のみ。

——柳田國男『遠野物語』

一　言葉とコトバ

詩人はいつも内なる批評家を蔵している。優れた詩人こそ最上の批評家だとボードレールはいった。小林秀雄（一九〇二―一九八三）も井筒俊彦（一九一四―一九九三）も『悪の華』の作者がいう詩人であり、批評の精神に貫かれた人物だった。詩人とは通常、詩を書く者の呼び名だが、詩が、存在の秘密を顕わにする魂の営みであるならば、それを人生の中心に据えながら生涯を終えた者を、詩人と呼んだとしても誇張には当たるまい。

あるときから井筒は、言葉とコトバという文字を使い分けるようになった。それは『意識と本質』が雑誌連載中に起こった、彼にとって一つの事件と呼ぶべき出来事だったといってよい。『意識と本質』の主題は、コトバの形而上学だといってよいほど、この「コトバ」の一語は、この著作において、そればかりか以降の井筒の思索において決定的な働きを持つことになる。

コトバを考える井筒の態度はまるで、生けるものを扱う職人のような姿をしている。近代の多くの哲学者が時間をあるいは生命を、静的あるいは現象的に論じたのに対し、ベルクソンがその根源的力動性《ダイナミズム》からけっして眼を離さなかったのに似ている。

晩年といってよい時期に高野山で行った講演（一九八四）で井筒は「存在はコトバである」（「言語哲学としての真言」）と語り出す。この一節は、哲学者井筒俊彦の境涯を鮮明に物語っている。また『意識と本質』には次のような一節がある。「神のコトバ――より正確には、神であるコトバ」。コトバは井筒にとって超越の働きの顕われにほかならなかった。

井筒のいうコトバは、言語学で論じられる言語――発話体としての言語「パロール」や社会記号としての言語「ラング」――と無縁ではないが明らかにその領域を超えている。彼にとってコトバは生ける意味の顕われだった。生けるとは比喩ではない。彼の眼に万物は、うごめく意味の塊りとして認識された。コトバは無数の姿をもって意味を表現する。作家が言葉で語るように画家は色で、音楽家は音で、彫刻家にとってはかたちがコトバである。鳥のさえずりさえ、コトバであると井筒は書いている。

万物の根源であり、始原、それを中世イスラーム神秘哲学者イブン・アラビー（一一六五―一二四〇）は「存在」と呼んだ。井筒はスペインのコルドバに生まれたこの人物をこよなく愛した。「存在はコトバである」と井筒が語るときの「存在」もまた、イブン・アラビーの語るそれに重なり合う。

哲学者としてのイブン・アラビーは究極者を「存在」と語ったが、敬虔な――ある人々から見るときわめて異端的な——信仰者としての彼にとって「存在」とは文字通りの意味での神だった。それは神という表象の彼方にある神の「神」とも呼ぶべき存在を意味した。

「存在」とイブン・アラビーが書いたものを、老子は道と述べ、『易経』には太極と記され、禅はそれを捉えなおして、あえて無といい、プロティノスは一者と呼んだ。スフラワルディは光と書き、井筒が『神秘哲学』で熱情をもって論じたヘラクレイトスはそれを火と呼んだ。ヘラクレイトスが「岸辺に遊ぶ子供に火を見た様に、釈迦は、沙羅の花に空を見た」（「私の人生観」）、そう語ったのは小林である。

「存在」をめぐる共振だけではない。ある時期まで井筒は、自らを哲学者だと思ってはいなかった。むしろ、文学の徒であり、ボードレールがいう意味での批評家に近いと感じていたように思われる。彼の最初のロシア文学論「ロシアの内面的生活」が文芸誌『個性』に掲載されたとき、同号の執筆者として同列に記されていた作家は太宰治だった。同じ雑誌の別な号には小林も作品を寄せたことがある。

のちにふれるが、井筒が書いた預言者伝『マホメット』を一読すれば、さらに判然とする。読む者は、小林のランボー論や「モオツァルト」と同質の律動を感じるだろう。小林の生涯を論じるとき、ドストエフスキーとの邂逅を黙殺する者はいないだろうが、井筒の軌跡を追おうとする者も『ロシア的人間』の前を通り過ごしてはならない。「ロシア文学との出遭いは私を異常な精神的体験とヴィジョンの世界の中に曳きこんだ。本書は、そのような世界の興奮の奔流の中に巻きこまれて行く感激を、自分自身のなまの言葉で、そのままじかにぶちまけたものだ」。小林の言葉ではない。『ロシア的人間』が、江藤淳の勧めで再刊された際の、後記にある言葉である。この作品に見られるのは、いわゆる研究者の筆致ではない。批評家のそれである。

二人は実際に会ったことはない。小林の作品に井筒の名前はなく、逆もまたない。小林が没したのは一九八三年三月一日、井筒の邦文主著『意識と本質』の連載が始まったのは一九八〇年だったが、同著が出版されたのは、小林秀雄の亡くなる一ヶ月ほど前だった。

没後、井筒の蔵書が慶應義塾大学に寄託された。後日、和漢洋書に加えアラビア語・ペルシア語の書籍を含む目録が岩見隆によって整備され、哲学者の思索のあとをかいま見ることができる。しかし目録には、彼自身が若き日に愛読したというカトリックの哲学者吉満義彦のような人物の著作も見えないことを考え合わせると、目録にある書物は彼の読書遍歴のすべてを語っているわけではない。そこに小林秀雄の著作は一冊『古典と伝統について』しかない。それ以外に井筒が小林の著作を読まなかったとは考えにくいが、だからといって多くを読んだわけでもないのだろう。小林の蔵書にも井筒の作品はなかったかもしれない。

しかし、彼らが論じた、あるいは愛読した書き手の名前を挙げるだけでも二人の共通点はじつに多い。プラトン、ゲーテ、ドストエフスキー、ランボー、マラルメ、ヴァレリー、リルケ、ベルクソン、孔子、本居宣長など、彼らが共に著しい反応を示した先人をざっと見ただけでもその関心における共振の強さは想像に余る。

『意識と本質』には「東洋哲学の共時的構造化のために」という副題がある。ここで井筒が「共時的」との表現に含意したのは、時空の妨げを取り払って、ということで、時代、文化、空間、あるいは信仰の違いのために出会うことがなかった人々を、哲学の場で対話させようというのである。歴史上では起こり得なかった叡知の対話を行うことが、今日の哲学に課せられた責務だというのだろう。

同質のことは文学に託されている。河上徹太郎が、近代日本の正統なる異端者と呼ぶべき人々の列伝である『日本のアウトサイダー』で、「ある所のものよりもあり得るものの方が興味があり、またそれが正しい批評というものだと思っている」と書くのも共時的事象のみが語り得ることを知っているからだろう。

「信仰について」と題する小林による小品がある。そこには次の一節がある。

「宗教は人類を救い得るか」という風に訊ねられる代りに「君は信仰を持っているか」と聞かれれば、私は言下に信仰を持っていると答えるでしょう。「君の信仰は君を救い得るか」と言われれば、それは解らぬと答える他はない。私は私自身を信じている。という事は、何も私自身が優れた人間だと考えているという意味ではない。自分で自分が信じられないという様な言葉が意味をなさぬという意味であります。本当に自分が信じられなければ、一日も生きていられる筈はないが、やっぱり生きていて、そんな事を言いたがる人が多いというのも、何事につけ意志というものを放棄するのはまことにやすい事だからである。（中略）自分自身が先ず信じられるから、私は考え始める。そういう自覚を、いつも燃やしていなければならぬ必要を私は感じている。放って置けば火は消えるからだ。

信仰と宗教は必ずしも一致しない。むしろ、人間は宗教に属することがなくても信仰を生きることができるというのである。入信をもって信仰の証とするのは一面の真実だろうが、真実の一面しか捉えていない。また信仰とは、単に何かを拝むことではなく、胸に炎を燃やし続けることであり、その光をたよりに生きて行くことだと小林は感じている。さらには、聖なるものを志向することではなく、大いなる者なしには何も存在し得ないという、超越者への告白を、全身をもってし続けることだというのだろう。信仰を語るとき小林が、火を想起しているのは興味深い。若き日の代表作『神秘哲学』（一九四九）で井筒もまた、魂に灯る火をめぐってこう書いている。

灯を消す勿れ。此の灯が消えるとき、全ては黯惨《あんさん》たる死の闇に消え去るであろう……。併し乍ら実は人間が自らの照明を有するが故に、却って周囲は無限の闇黒《あんこく》なのである。自ら小さき光を抱く故に、大なる光が見えないのである。小さき光を消せ。その時、大なる光は全宇宙に赫奕《かくえき》と耀き出ずるであろう。

魂の炎は消してはならない。しかし胸中の「小さき光」は消せと井筒は語る。人は、自己の光を凝視するからこそ、その彼方で燦然と輝く「大なる光」の存在に気が付かない。意識の光を消して、魂の暗闇を通り、向こうにある一条の光を探せというのである。さらに井筒はこう続けた。

> 霊魂の中核より四方に発出しつつ、謂わば意識の全平面に渉って拡散している精神の光を、次第にその光源に向って収摂し、全ての光力を一点に凝集して行くならば、遂に密度の極限に達した光が忽然として、逆に密度の極限に於ける闇に転ずる不思議な瞬間が来る。この時、人間的意識の光は剰《あま》すところなく湮滅《いんめつ》して蹤跡《しょうせき》なく、それと共に、今まで此の意識を取りかこんでいた宇宙的闇黒は煌了《こうりょう》たる光明に転成するのである。人間的意識なき処に顕現し来る此の超意識的意識こそ、「存在」そのものの霊覚であるに外ならぬ。

魂の奥底から湧きあがる光を見るのではない。むしろ、光源に近づくことを望めというのである。広がる光に驚くのではなく、それを凝集させ、魂に闇の時空を作る。すると途端に意識を包んでいた闇は「煌了たる光明」によって満たされる。この光にふれる経験を井筒は、「霊覚」と呼ぶ。それは、霊の眼覚め、霊性の覚醒にほかならない。

ここでの霊は、いわゆる心霊現象なるものとはまったく関係がない。「強烈なる光燿に眩暈し、遂に浮誇慢心の独善主義に趨るは神秘主義の邪道である。かくのごときは一たび迷悟の辺際を超越しながら再びより大なる迷妄の渦中に陥落することに過ぎぬ」と書いているように、むしろ世に跋扈する表層的な霊の理解からもっとも遠いところに井筒は立っている。彼が考える霊とは、超越者と人間が交わる場であり、人間が超越者から分有されているもっとも高貴なるものである。人は、等しく霊を分け与えられていることによって平等であるとされる。霊をたずさえた存在であることによって、人は、人であることができる。誰も他者の霊にふれることはできない。霊は、神だけがふれ得る神聖なる場所にほかならない。霊が、あくなきまでに超越者を乞い求めること、それが霊性である。

先の小林の「信仰について」の一節を引きながら、「小林秀雄を研究する人が再三熟読すべきもの」と語り、秀逸な小林秀雄論を残した批評家がいる。越知保夫（一九一一―一九六一）である。小林の批評はついに一つの「道」となると越知はいった。

今日、越知保夫の名前を知る人は多くないかもしれない。生前越知は、中村光夫、平野謙、山本健吉に評価されつつも一冊の著作も問うことの無いまま世を去った。没後、遺稿集『好色と花』（筑摩書房、一九六三）がまとめられる。それを手にし、驚嘆したのが遠藤周作であり島尾敏雄だった。

彼の作品のなかでも「小林秀雄論」（一九五四）は特異な作品である。彼はそこで小林秀雄と、カトリックの信仰を中核に据えた吉満義彦（一九〇四―一九四五）やガブリエル・マルセル（一八八九―一九七三）との接点を論じている。また彼は小林とリルケの関係を本格的に論じた初めての人物でもあった。

その慧眼を証明するように小林とマルセルの間で、それぞれの神秘観を語る濃密な対談が行われたのは一九六六年、越知保夫の死から五年後のことだった。五十を俟たずして死んだ越知は小林の『本居宣長』を知らない。だが越知の小林秀雄論を読むと、のちに小林によって書かれるだろうこの晩年の大業の出現を、彼は予見していたように感じられる。「書く、それは予見することである」とヴァレリーはいったが、越知の小林秀雄論を読んでいると、この言葉が想起される。越知の眼はあるとき小林自身よりも小林の魂に接近している。奇妙に聞こえるかもしれないが、そこまで言葉が届かなければ批評を書く積極的な意味もまた、ないのである。

さらに越知は、小林秀雄論を数編重ねたその先で、井筒が訳したマーティン・ダーシーの著作『愛のロゴスとパトス』（邦訳は一九五七）をめぐって長文の批評を書いている。この訳書の原著The Mind and Heart of Love（一九四五）に井筒は、著しく共感していた。ダーシーが来日したとき、井筒の方から翻訳を申し出たのだった。またこの本は、井筒が訳した唯一の同時代思想家の著作でもあった。真摯な翻訳を読むのは訳者による批評を読むのに等しい。そこでは訳語の選択一つにおいても訳者の批評眼が試されている。

機は熟していた。天がしばしこの世の時間を預けていれば越知保夫は必ず、小林と井筒の霊性が交わる場所に深く分け入り、叡知の宝珠を見つけただろう。「小林秀雄と井筒俊彦」という主題は、越知保夫によって論じられることはなかったが、この批評家の残した軌跡が私たちをそこへ導くのである。

あるとき、小林は安岡章太郎に語った。「宗派というものには排他性があるけれど、宗教そのものにはそんなものはない」（『我等はなぜキリスト教徒となりし乎《か》』一九九九）。井筒はイスラームを一言で表現するなら「宗教」以外にないと書いた。イスラームは世界を聖と俗とに二分しない。聖が存在しないのではない。むしろ、聖ならざるものはないというのである。聖俗二元論を統合する有機体であり、現実界を深みから支える秩序、それが井筒の考える「宗教」である。だが私たちはもう、小林や井筒が認識した意味において「宗教」の文字を用いることができなくなってしまっている。この言葉はいつのまにか原意を離れ、宗派、あるいは宗団を意味するようになってしまった。

言葉は、時代と共に、新しい意味を帯びて顕現する。井筒は、そのうごめきを「言語のカルマ」あるいは「意味のカルマ」と表現したことがある（「意味論序説」）。意味のカルマの「貯蔵庫」を唯識仏教の伝統ではアラヤ識（阿頼耶識）と呼ぶ。アラヤ識を無意識の仏教的表現であるとするのは、深層心理学においても、また仏教の伝統においても本質から遠く離れた俗説に過ぎない。重なり合うことはある。だが、仏教の伝統がアラヤ識を知るようには、現代の心理学は無意識を知らない。

「事事無礙・理理無礙」と題する作品で井筒は、言葉でなくイメージで伝えるならば、と断りつつアラヤ識のありようをこう語ったことがある。「つまり、潜在的意味のトポス。太古以来、個人を越えて、人類全体の経験してきたあらゆることが、意味エネルギーに転生して、奔流のごとく波立ち渦巻く、暗い、存在可能性の世界」が開示する場所だというのである。

イメージで、とあえて井筒が書くのは、言語による説明が実相を伝える最適の選択だと思えなかったからである。言葉によらず描き出されることを待つもの、それは不可視だが確かに存在する。そうでなければ世界は、芸術家や詩人を必要とはしなかっただろう。さらに「そこ〔アラヤ識〕に集積された意味のカルマは、複雑に絡み合い縺れ合い、互いに反発し合い相互に融解し合いつつ、新しい「意味」を生成してゆく」（「意味論序説」）、と井筒は述べている。

誤解を招きやすい「カルマ」という言葉をあえて用いなくてはならなかった井筒の思いを考えてみる。彼は、業《カルマ》が人間の人生に働きかけるように、コトバが時代に隆起する力に、人間の制御を許さない、抗し難い躍動性と神秘の業《わざ》を感じている。

耳で聞き、目で見た他者の言動、心の動きさえ、一切の区別なく、その痕跡は「種子《しゅうじ》」となってアラヤ識に堆積していく。どんなに瑣末に、無意味に見えたことであっても、忘却の国に放置されたままであっても、あらゆる人間の経験、思索、実践はすべて、言語的、非言語的行為であるかを問わず「意識」の底に沈殿していく。また、自ら発した言葉を、もっともよく聞いているのは自分であることもこの営みに拍車をかけている。それらも同じくコトバの種子となる。唯識哲学の伝統は、そうした意味の出現を「語言種子」と呼んだ。「「語言種子」、コトバの、コトバへの可能体。「種子」はコトバすなわち「名」を求め、「名」を志向し、「名」を得れば「意味」

として発芽する」（「意味論序説」）と井筒は語っている。

ここで井筒がいう「意味」と、世界に存在する個々の存在者は同義である。眼前の花、石、人間、あらゆる個別的存在者は、意味としてこの世に出現している。むしろ、意味を持たないものは世界に存在することはできない。存在する働きとは、何ものかから個別的存在者に意味を付与することだともいえる。

世にあるものはすべて、「存在」から「存在すること」を分有されている。言葉とはコトバの意味的分節である。井筒にとって哲学とは意味を通じて、コトバの淵源にふれることだった。源泉からコトバが意味を生む場所に立つことだった。それを裏付けるように、彼は、エラノス会議に参加するとき、自身の研究領域を尋ねられ「哲学的意味論」としたことがある。

コトバの形而上学を展開しようとするとき井筒は、際限なく唯識哲学の伝統に還ってゆく。だが、彼はこの古く、しかし、今も新しい宗教哲学の地平を概説することに目的があったわけではない。彼の主眼は、歴史を引きうけ、それをいっそう深く展開させることにあった。彼はアラヤ識の最奥層にあえて、コトバの場を再定義し、「言語アラヤ識」あるいは「意味アラヤ識」と呼び、東洋哲学の伝統に「意味」生成の秘義の、新しい想起を試みた。過去を反芻するだけでなく、未知なる場所に還っていく道程において、現代の私たちにとっても、新しく、必須な何かを見出そうとする。

真実の姿が顕わになるには、いつの時代にもそれを読み解く人間を俟たねばならない。井筒は、自分の声を発することではなく、存在の深みから自らに語りかける、もう一つの「声」が響き渡るのを希った。叡知の灯明の継承者たることを切願した。

井筒とイスラームの関係はよく知られている。だが、彼の主題はイスラーム神秘主義に限らない。孔子に始まる儒家の神秘観でもいい、リルケ、マラルメ、芭蕉についてでもかまわない。まったく異なる存在である彼らがなぜ同一の地平にあると認識するのか、その根拠を井筒俊彦に訊く。そのとき彼は、「巨大なものの声」の現成を前に、自らの所感を述べるという欲求は、灰燼に帰したと答えるに違いない。次に引くのは、若き井筒の主著『神秘哲学』（一九四九）冒頭の一文である。

悠邈《ゆうばく》たる過去幾千年の時の彼方より、四周の雑音を高らかに圧しつつ或る巨大なものの声がこの胸に通い来る。殷々として耳を聾せんばかりに響き寄せるこの不思議な音声は、多くの人々の胸の琴線にいささかも触るることなく、ただ徒にその傍らを流れ去ってしまうらしい。人は冷然としてこれを聞きながし、その音に全く無感覚なるもののごとくにも思われる。併し乍らこの怖るべき音声を己が胸中の絃ひと筋に受けて、これに相応え相和しつつ、心臓も破れんばかり鳴響する魂もあるのだ。

沈黙するべきは人間であり、語るのは自然だと小林秀雄は語った。黙すべきは人であり、轟くべきは「存在」の声である、井筒ならそういっただろう。ソクラテス以前の哲人も、プラトン、アリストテレス、あるいは、イスラームの神秘家、後年の著書に現れる老子、荘子といった東洋の哲人、ドストエフスキー、リルケ、マラルメまでも、求道者であるという点において、井筒は、何ら区別する必要を認めなかった。皆、人間を超える者に従うことが、人間の使命であるという信念において、彼には差異など認められなかったはずだ。

古代ギリシアの哲人を論じ、「彼等はいずれも哲学者である以前に神秘家であった」（『神秘哲学』）という井筒の言葉は、そのまま自身の内心の告白となっている。彼がいう神秘家とは、神秘をめぐって饒舌に語る「神秘主義者」ではない、むしろ、その対極的存在だと考えてよい。それは霊性の探究に生涯を捧げる者の呼称であり、宗派の束縛を受けない絶対探求者の謂いである。神秘家は毎瞬、まざまざと神秘を感じ、その道を生きている。しかし、神秘が何であるかを語らない。小林秀雄は、日本文学において、批評という地平を切り拓いた文学者である以前に一個の神秘家だった。越知保夫の慧眼はそれを見過さない。彼は十九世紀インドの聖者ラーマクリシュナと小林との間にすら接点を求めた（「小林秀雄論」）。

「批評トハ無私ヲ得ムトスル道デアル」と記した小林の書を見たことがある。この小林の言葉を、井筒が耳にすることがあったなら、「批評」を「哲学」に変えても、何ら異ならないと語っただろう。

イブン・アラビーが超越者を「存在」と呼ばざるを得なかったように、小林はそれを「謎」といった。あるとき井筒はそれを「コトバ」と書いた。ここで見るべきは表記の差異ではない。それ以外に表現を許されなかった絶対的経験の問題である。

「存在はコトバである」という井筒の文章を、小林が読むことを想像してみる。彼は主題が人を選び、表現を決定するという、自らも経験してきた不思議な選びが、この詩人哲学者にも働いているのを発見し、畏敬の念を覚えただろう。それは魂の同胞に対してだけではなく、この哲学者を通じて自らを表現しようとする、超越者に対する畏怖でもあったろう。

書き残したことはないと語り、『本居宣長』の筆を擱いた小林が、「本居宣長補記」（一九七九）で再び語り始めたのは、「哲学の文章」という主題に再びぶつかったときだった。「第七書簡」でプラトンは哲学の奥義をめぐって書き、究極的なことは言葉にすることはできないと述べている。言葉に対する不信は、言葉で語り得ぬものへの信の顕われだろう。哲学の祖師も、言葉への不信からついにコトバに出会ったのではなかったか。信仰深き人が、不信の先に超越の姿に出会うのにも似て。

二　ランボーの問題

発表当初（一九四七）は「ランボオの問題」と題され、今日では「ランボオⅢ」として読まれている作品は、「恐らく再びランボオについて書く機は来まいが」という言葉どおり、小林秀雄最後のランボー論になった。そこで彼は、この詩人との邂逅を「事件」であると述べた。

文学とは他人にとって何んであれ、少くとも、自分にとっては、或る思想、或る観念、いや一つの言葉さえ現実の事件である、と、はじめて教えてくれたのは、ランボオだった様にも思われる。（「ランボオⅢ」）

よく知られた一節だが、なぜ小林が、冷淡な読者には過剰な表現であると思われるような「事件」などという表現を用いたか、その実相をめぐっては、あまり論じられてこなかったように思う。このランボーとの出会いがなければ人生はまるで違った方向に進んでいたということが意味されているに違いないが、それだけでなく、予期することのできない突然の出来事だったことも「事件」という一語からは伝わってくる。

　だが、小林の本意はそこに留まるまい。この偶発的な事象のような出来事が、実は自らの意志では制御することのできない、不可避な選びだったといっているのではないか。そうでなければ同作の冒頭にある「向うからやって来た見知らぬ男が、いきなり僕を叩きのめしたのである」というランボーとの邂逅をめぐる表現も単なる誇張に過ぎなくなる。小林には、それが此界での出来事ではなく、異界からの呼びかけだったことが直覚されていたのではなかったか。

　一九二五（大正十四）年に小林は、ランボーを知り、最初のランボー論「人生斫断家アルチュル・ランボオ」を書く。先にふれた「ランボオの問題」が書かれたのは、二十二年後の一九四七年である。その間、彼はもう一つのランボー論（「ランボオII」一九三〇）を書いているが、注目するべきはランボーの詩集の翻訳である。

　原作を読み、名状できない魂の動きを感じた人間が、感動を現実化していく行為、翻訳とはそうした営みだろう。不思議なことだが翻訳は、捧げられた無私の精神に応じるように、訳者の作品としての生命も帯びるに至って完成する。また、その逆のことも相乗的に生起する。原作者ランボーの刻んだ言葉が、小林の訳語に覆い尽くされたとき、かえってランボーの精神はまざまざとよみがえる。

こうしたとき、誤訳の有無はさほど関係がない。問われるのは訳者の献身の態度である。訳者は自らの個性を出そうとしているのではないが、このとき捧げるのも自らの精神しかない。『ランボオ詩集』とは、そうした果実にほかならない。沈黙を解く起因になった出来事に逢着するためには、語られたこと以上にまず、彼の沈黙に近づかねばならない。訳詩集を世に出してから小林は、十七年間、「ランボオⅢ」までこの詩人を直接語ることはなかった。

戦後ほどなく行われた、平野謙や佐々木基一らとの有名な座談「コメディ・リテレール　小林秀雄を囲んで」で小林は、自らの訳詩集に言及している。座談会の参加者の一人埴谷雄高は、『地獄の季節』の翻訳には、小林秀雄の「美への信仰性」が潜んでいて、言葉の伝統から隔絶された現代の日本では、それがかえって「悪影響」を及ぼすことがある、と語った。

多くの人間が小林の翻訳に驚きを覚え、襲いくるような影響の波を受け止めるのに必死だったなかで埴谷が、訳詩集を通じて小林の「信仰」を看破しているのは卓見である。だが、小林はそれに直接答えない。一方で彼は、誰かに読んでもらいたいと思い、その詩集を翻訳したのではない、まったく自分のためにやったのだと述べる。また、翻訳された詩は、既にランボーの詩ではない「日本の詩」だと言った。

確かに、そこに刻まれているのは、フランスに生まれた象徴派詩人の言葉ではない。小林秀雄自身のそれだ。小林は、自らの詩を書く代わりに十九歳で詩を棄てた、異才の言葉を引継ぐ道を選んだ。『ランボオ詩集』が強い衝撃と熱情をもって読者に迎えられたのは、ランボーとは何者かを知りたかったからだけではない。誤解を恐れずにいえば、小林秀雄という詩を書かない詩人の登場に驚いたのである。

翻訳をしながら小林は、ジャック・リヴィエールの『ランボオ』を愛読する。「耽読していた一時期があった」（「アランの『大戦の思い出』」）と自ら書いているようにある時期小林は、この三十八歳の若さで逝ったフランス人批評家に深く親しんだ。リヴィエールが日本で紹介されたのは一九三三年に小林が、河上徹太郎らと試みた『エチュード』の翻訳が最初だった。この本で小林は、ジッド論を翻訳している。

若き日の小林が、大岡昇平のフランス語の家庭教師だったことはよく知られている。もっとも新しい『大岡昇平全集』（筑摩書房）の巻頭にあるのは、彼が一九二八年、高校生のときに同人誌に寄稿したリヴィエールの「セザンヌ」の訳文である。一読して、高校生の大岡が独りでこの作品を発見し、訳したのではないことは分かる。小林が横にいた。むしろ、その文体は、若き小林のそれだといってもよいほどに近い。

「セザンヌ」は、小林にも強く影響を与えている。小林は、リヴィエールが論じたセザンヌの「垂直性《ヴェルティカリスム》」に深く動かされたようで、この画家に顕現した魂の奥深く、垂直線を描くような霊性の劇をめぐって行く所々で話していたらしい。芸術とは、どこまでも横に広がるような水平の運動ではなく、細く、しかしどこまでも深く垂直に掘り下げ、また、天空に向けて突き上げるような魂の営みだというのである。ヴェルティカリスムの問題はのちに小林において、聖性の顕現としてとらえなおされ、『近代絵画』（一九五八）におけるセザンヌ論の主題となる。この作品を小林のもっとも優れた作品の一つとする者は、越知保夫や中村光夫をはじめ、複数いる。

フランス文学者渡辺一夫は、東京大学で小林と同じく、辰野隆、鈴木信太郎のもとで学んだ同窓だった。ある日渡辺は、小林に彼が語る「垂直性」とは何かを訊ねる。答えに窮した小林が、判然としない言葉を口にしていると渡辺は、「君がヴェルティカリスムで仏文にあげた泥っ埃は、なかなか鎮《しず》まらないよ」と語ったという。

「アラン「大戦の思い出」」と題する小林の一文にある挿話だが、小林がいう「垂直性」の問題に敏感に反応したのは、日本のフランス文学界であるよりも渡辺一夫個人だったのだろう。小林もそのことはよく分かっている。渡辺にとって文学は、文字通り求道の営みだった。比喩ではない。渡辺が戦時中に書いた日記（のちに『敗戦日記』として発表）は、イエスに向けて捧げられた信仰告白の言葉に満ちている。そこで渡辺は、イエスを「かの人」と呼ぶ。彼もまた、入信しない敬虔なる信仰者だった。

一九三六年に、リヴィエールの『ランボオ』の訳書が刊行されると小林はほどなくして、「リヴィエルの「ランボオ」」と題する一文を書く。そこで小林はこの本は、世にあまたあるランボーの研究のなかで「一番烈しく個性的」であるだけでなく、リヴィエールの全著作のなかでも屈指の作品だと語った。

訳者の名は、辻野久憲という。批評家であり、翻訳者である。吉満義彦や仏文学者木村太郎を中心に、渡辺一夫、片山敏彦も参加した雑誌『創造』や、堀辰雄、神西清、萩原朔太郎らの『四季』の同人でもあった。

萩原朔太郎は自身のアンソロジーの企画が持ち上がったとき、編纂者に辻野を選ぶ。朔太郎は、辻野に批評家の資質を発見した最初の人物だった。『人生読本――春夏秋冬』（一九三六）は、この詩人の核心を捉えたものとして、刊行当時からも高い評価を得ていた。朔太郎は同書にふれ、自分の文章を素材にした「辻野君の著書でもあった」と辻野への追悼文に書いている。

翻訳者としての辻野の業績も無視できない。アンドレ・ジッドが日本に紹介されるとき、『地の糧ひ』（一九三四）をはじめとして、彼の訳書が果した役割は大きい。フランソワ・モーリアックの作品を翻訳、日本に最初に紹介したのも彼だった。「新聖書講義」（一九四〇）を雑誌に書いていたとき、河上徹太郎は辻野の訳したモーリアックの『イエス伝』（一九三七）を熟読した。「所々暗誦するくらい感動した本であった」と河上は書いている。

一九三七年に辻野が二十八歳で亡くなると『四季』は追悼号を組み、先の三人の同人に加え、中原中也、三好達治、保田與重郎、井伏鱒二らも追悼文を寄せた。カトリックの洗礼を受け、聖ヨハネの名と共に逝った。カトリック学者小林珍雄は、その境涯をリヴィエールに重ね合わせ、哀悼の意を表している。

「この傷口を慎重に感じ、考えてみる。そして、これは恐らく、加特利〔カトリック〕の教義によってしか閉ざされ得はすまい」という一節でリヴィエールの『ランボオ』（辻野久憲訳）は終わっている。書き手はしばしば、自らの境涯を予告するような一節を書くことがある。この著作はリヴィエールにとって、そうした一冊だった。彼がこのとき書いたこの言葉はそのまま彼自身に還って来る。

ランボーの境涯を考えるとき、彼の信仰——より精確にいえば、異端者としての彼の霊性——の問題を素通りすることはできない。だが、小林がこの問題を正面から論じるのは戦後一九四七年になって書かれた「ランボオの問題」(のちの「ランボオⅢ」)に至ってからだった。そこで小林は、リヴィエールと共に彼の霊性の師ともいうべき詩人ポール・クローデル(一八六八—一九五五)の回心にも言及した。

早熟だった二十歳の青年リヴィエールが、中国・天津にいた外交官ポール・クローデルに、過剰なまでの熱情を込めた手紙を立て続けに三通も送ったのは、一九〇七年二月のことだった。その青年が洗礼を受け、聖体を拝領したと文通者に送ったのは、七年後の一九一四年一月である。彼の『ランボオ』は同じ年の夏、雑誌『N.R.F.(新フランス評論)』に発表された。しかし、出版されたのは、没後の一九三〇年だった。

アンドレ・ジッドが、リヴィエールの文学の師であるように、クローデルは信仰の導師だった。しかし、この導師を信仰の道に導いたのは異端者ランボーだった。『イリュミナシオン』と『地獄の季節』は、クローデルにとって唯物主義を打破し、超自然へといざなう「啓示」となり、半年後のクリスマス、ノートルダム寺院での回心へと誘《いざな》った。クローデルは、ランボーを「野性状態にある神秘家」と呼ぶ。リヴィエールは、導師の言葉を批判的に引きつつ、「いかなる教義によっても支持されていない神秘家《ミスチック》」（辻野久憲訳）だと書いている。クローデルはランボーに荒削りな、しかし芳醇な魂を見た。リヴィエールはむしろ、鍛錬を重ねた、繊細な魂の働きを見ている。

詩人クローデルを論じた日本人は少なくない。しかし、この詩人の特性が、詩的存在論とも呼ぶべきものであることを論じたのは井筒俊彦のほかに類例がなかったのではなかったか。「私達は彼〔クローデル〕の詩を読んで楽しむことはできない。ジャック・リヴィエールがいうように、クロオデルを読むということは本当に恐ろしいことだ」と書いたあと井筒はこう続けた。

> 私達は彼の詩を読んでこれを真に理解したが最後もはや絶対にそれを忘れることができないのだ。なぜなら、クロオデルを識ることは、彼と共に生れかわること——「認識」（コネサンス）は「共に生れること」（コ・ネサンス）を意味するとはクロオデルの宇宙論の根本信条である——全く新しい人となって、新しき宇宙秩序の前に投げ出されることだからである。クロオデルを真に理解する人は、その瞬間から、生きながらにして、搏動する心臓を何者かの力強い手にむんずと握られてしまうのだ。（「詩と宗教的実存——クロオデル論」）

真実の詩人は常に同時に、優れた神秘家である。それは井筒俊彦にも自明のことだった。井筒はクローデルと共にランボーを愛した。彼は、著作のなかでこの詩人にさほど頻繁に言及することはなかったが愛読した。人生の晩節を過した鎌倉の書斎にある、井筒の机の横には今も、ほとんど彼の体の一部となったような思想家、詩人の著作が三十冊ほど並んでいて、そこにはマラルメの詩集と共にランボーの詩集も大切に置かれている。

ちょうど「ランボオの問題」が発表された頃、今日、『神秘哲学』の第一部「自然神秘主義とギリシア」として知られる部分は、独立した一巻として出版されるはずだった。準備も進んでいて文字組みまでいったが、突然、出版社が倒れた。この論考で井筒は、詩人に特別な位置を与えている。詩人は、哲学者のように存在の根源を説くことはないが、それを謳い上げる。古代ギリシアにおいて、真に哲学者と呼ぶべき者の心には必ず詩人の魂が息づいている、それが井筒の確信だった。この著作で彼は、哲学はいつ詩と分かれたのかを見出そうとしている。彼は、詩人を、この世に哲学者を招き入れる預言者の任を担う者として論じた。

後年井筒は『意識と本質』でも、中国の『楚辞』の詩人屈原が、市井の人から東洋のシャーマンに変貌していく姿を描いている。そこで彼は、シャーマンとはいわば「人間の魂にかけては偉大な専門家」であるという宗教学者ミルチャ・エリアーデの言葉を深い共感をもって引用している。

魂魄という言葉があるように、中国の伝統的シャーマニズムでは、「魂」と、「魄」という二つの姿を認識する。「魂」は陽性で天界に属し、人間においては霊性を代表する。「魄」は陰の性で、地界に属し、人間の身体的、物質的存在原理を司る。『礼記』によれば、人が死ぬと、「魂」は霊性的原理として天に昇り、「魄」は肉体的原理として地に帰る」(『意識と本質』)と井筒は書いている。

ランボーのように魂からの言葉をもって詩を書く者の言葉を読むとき私たちは、他者の魂への接近を試みながら同時に、自らの内にも魂魄があることを認識する。他者の存在のうちに、自らの内なる未知の世界への扉を見出そうとする。「ただ言わば全部分に亙《わた》って、これを撫でさすって確かめればよいのだ。行うべき切開手術もなければ、試みるべき摘出手術もない、ただ率直にその到る処に清浄を認めようと努めるべきである」(「リヴィエルの「ランボオ」」)と彼はいった。彼とは小林ではない。小林が引くリヴィエールの言葉である。改めてそう明記しなければ、発言者が混同されてしまうほどに二つの魂は強く共振している。リヴィエールには――小林にとっても――ランボーの詩は、解析的接近を拒絶している「魂魄」の声の結実に見えた。

論じる対象を解析しようとしてはならない、「撫でさすって確かめればよい」という思いは、ついに小林の信念となり、『ゴッホの手紙』、『近代絵画』、『本居宣長』を経て、絶筆「正宗白鳥の作について」に至り、批評は熟読し沈黙するに極まるという言葉に結実する。だが、先を急ぐまい。ここで問われるべきは、ただ、撫でて確かめるほかないというところへと導かれた批評家の魂よりも、批評家をそこへ誘《いざな》った者である。

「ランボオは、早くから、詩人に就いて異様な考えを抱いていた」(「ランボオIII」)と小林は書いている。また、『ランボオ』の作者を評して小林は、次のように書いた。

リヴィエルは、殆ど自制を忘れて、直観力と分析力との絶妙に一致したその批評的才能を奔溢させている。自制を忘れた批評的才能という言葉がどんなに奇妙に聞えようが、そういうものはある。優れた批評家だけが経験する美しい危機なのである。彼はランボオの魂と無関係な或る客体、ランボオにもその説明を期待出来ない或る実在物を携えて、還って来る。
（「リヴィエルの「ランボオ」」）

「自制を忘れた批評的才能」とは、自己をコトバの通路と化すことである。それは後年の小林がいう無私にほかならない。このとき批評家は、その対象すら知り得なかったことを書き始める。空想ではない。リヴィエールが書くランボーは、ランボー自身の詩よりもランボーの魂に肉迫する。

そうした全貌を知ることなど最初からあきらめなくてはならないような地平への精神の冒険を小林は「美しい危機」と呼ぶ。わずかであっても、そうした境域をかいま見ることがなければ、批評と呼ぶに値しないというのだろう。そのとき批評家は、何ものかを「見る」者、ランボーがいう「見者（voyant）」になる。現象の奥に隠された実在にふれる者となる。

詩人は見者でなくてはならないという確信は、ランボーから離れることはなかった。ランボーがポール・ドムニイに送った一八七一年五月一五日付の「見者の手紙」と呼ばれる有名な書簡がある。そこで詩人は「千里眼でなければならぬ」とランボーがいうように、見者の眼は、この世にあるものの奥にいつも彼方の世界のうごめきを感じる。ランボーが天使の存在をなまなましく描き出すのはそのためだ。

それを読む多くの人は、そこにランボーの企図や宣言を見、多くの研究者たちはランボーの秀逸な比喩があるとした。しかし、小林の実感は違った。ランボーが、すでに実行していたことを、「苛立たしげに反省」するところに発せられた言葉だといった。「自身の現存が詩作の唯一の動機であった様な彼が、新しい詩作の動機の考案なぞに悩んだとも受取れぬ」（「ランボオⅢ」）というのである。

「見者《ヴォアイアン》」は幻視者《ヴィジョネール》ではない。詩人が見たのは幻ではない。文字通りその「眼」をもって「まざまざと見た」としか、小林には思えなかった。ランボーにとって、詩とは、見てきたものを現実化する手段にほかならない。ランボーの宿命は詩作ではない。「見ること」だった。「狂って、遂には、自分の見るものを理解することが出来なくなろうとも、彼はまさしく見たものは見たのだ」というランボーの言葉を小林は引いている。

一九七四年に行われた講演「信ずることと知ること」で小林は、ベルクソンが『精神のエネルギー』に収めた講演録で語った精神感応《テレパシー》にまつわる論考にふれた。ベルクソンの話は、ある夫人の夢をめぐって進む。

女性の夫は戦地に赴いて、塹壕で倒れて死ぬ。夫が死んだときと、まったく同じ時間に、夫人は夫の死にゆく姿を夢に見る。周囲にいた人々の顔を鮮明に思い出せるくらい、はっきりとした夢だった。女性は、フランスを代表する著名な医学者にその出来事を告げた。するとその医学者はこういった。

自分は夫人の人格を信頼している。嘘をつくような人物でもないことは承知している。しかし、困ったことに、その経験を合理的に証明することができない。虫の知らせと呼ばれる現象は、確かにある。しかし、それらは常に真実を告げているだろうか、むしろ事実とは異なる出来事の方が豊富にあるのではないのか。それにもかかわらず、たった一例に過ぎない夫人の経験だけをどうして格別に取り上げて、無条件の真実としなくてはならないのだろうか。

この医学者の話の一部始終をベルクソンは聞いていた。すると横にいた若い女性がベルクソンにいった。医者のいっていることは論理的には正しいけれど、どこか間違っていると思う。ベルクソンは、医学者の言葉よりも、若い女性の認識の方が、より真実に近いと思った、というのである。

経験の一回性に真実を追究する道を見出すことを止め、再現可能であることをもって真理の証明に替えたとき、ある人々にとって近代科学は技術ではなく一つのドグマになった。しかし、ベルクソンはそうした科学的態度を絶対視しない。真実は誰にも起こりえるが、それはけっして繰り返されることのない個別的事象のなかで顕われると考える。

「ランボオの問題」が、戦中に書き始められ、戦後、最初期に発表された作品であることは注目してよい。戦争中小林は、ベルクソンと本居宣長を耽読していた。ランボーを論じながら、「まさしく見たものは見た」とその言葉を引くとき小林は、二度と帰らぬものにも、真実は現れ得るという、ベルクソンから受け継いだ視座に立って語っている。

この一文で小林は、ランボーが異界を見つめるまなざしを「千里眼」という言葉で表現する。彼は中原中也の思い出を語ったときにも、同じ言葉を使った。彼にとって詩人の「千里眼」は、見者の証であり、ベルクソンが紹介した夫人の夢同様、現実の出来事として信じられていた。

さて問題は、「見者」が何を見たか、小林は、「見者」が、何を目撃したと信じたか、ということである。

ランボオは何を見たか。彼が見たものは、まさしく「他界」の風景であったか。僕には、何も言うことが出来ない。リヴィエルは、それについて聊かの疑いもないという。（中略）その通りかも知れぬ。そうでないかも知れぬ。（「ランボオⅢ」）

ここでの他界は、死者の世界である。ここで徒《いたずら》な注釈は不要だろう。小林が指摘している通り、リヴィエールの『ランボオ』を読む者は、論理的破綻を認めないまでも作者が、理知と論理では逢着し得ない何かと必死に格闘する姿に出会う。「他界」を信じるという点において小林とリヴィエールとの間には何の齟齬も亀裂もない。「「他界」を立証する前に、「他界」は信じられていなければならぬ」(「ランボオⅢ」)と小林はいう。リヴィエールにとって死者の世界にふれることは、そのまま彼にとってのキリスト教の伝統に連なることだった。小林はそうしたリヴィエールの誠実を疑わないが、同調しない。

後年、ドストエフスキー論を中止した理由を、キリスト教が分からなかったからだと岡潔にいった小林がこのとき、リヴィエールと同じところに立つことがなかったのは何ら不思議ではない。また小林は、リヴィエールの真摯な探究に敬意を払いつつ、「僕の過去のささやかな類似の経験を附記する事を保留する」と述べ、「疑わぬという事は信ずるという事であろうか。どうもそれは別々の心の動きの様に思われる」と書き、こう続けた。

「他界」というものが在るか無いかという様な奇怪な問題は暫く置く(尤も、そういう問題にいっぺんも見舞われた事のない人の方が、一層奇怪に思われるが)。確かな事は、僕等の棲む「下界」が既に謎と神秘に充ち充ちているという事だ。(「ランボオⅢ」)

ランボーを語るとき、「現存が詩作の唯一の動機であった」と小林が書いたのは先に見た。「現存」とは、現に存在することを意味する表現だが、それは、必ずしも私たちの目に見えるかたちで現象することとは限らない。

この一語を自己の哲学的探究の中核に据えたのがフランスの哲学者ガブリエル・マルセルだった。マルセルは二度来日している。二度目の一九六六年に、彼は小林と対談し、そこで現存をめぐって語った。うまく説明できないと断りつつ、現存的人間の典型として作家ジュリアン・グリーンの名前を挙げ、この作家との間に起こったある出来事を語り始めた。

彼は私がおそろしい自動車事故のあとで寝ていたとき、会いに来てくれましたが、その時部屋の中に誰かがいるのを感ずると言いました。おそらくは、私が失った愛する人たちのことなのでしょう。それは「現存」の一つの特徴なのです。「現存」として感じられた「現存」、客体化されていない、また、され得ないものです。(『マルセル著作集　別巻』)

ここでマルセルが語る「現存」とは、客体としての本質を与えられていないが、確かに存在するものを指す。マルセルにとってもっとも身近な、そしてもっとも確かな現存するものは死者だった。それは小林も変わらない。マルセルの思想は、現存の形而上学と呼ぶこともできるが、哲学論考と共に多くの戯曲を書いた彼の仕事を包括するならそれは、不可視な隣人の詩学ともいうべきものだった。

四歳になろうとしているときにマルセルは母親を喪う。この経験が彼の詩と哲学の源泉となった。また後年、彼は妻を喪う。この経験は彼を真の、もっとも高次な、積極的な意味における神秘哲学者にした。マルセルにおける死者の経験の深化はそのまま、信仰の深まりになっていった。この地点においてマルセルはリヴィエールと共振する。二人はのちにカトリックに入信することになる。彼らにとってカトリシズムとは生者と死者が共に世界を作って行くことができることを説く霊性として認識された。

また、死者によって開かれた地平を歩くことが、そのまま生者の境涯を深化することになるという点において、マルセルと小林は強く共振する。すでにふれたようにそのことをもっとも早く、また、的確に指摘したのが越知保夫だった。彼は「小林秀雄論」で小林とマルセルの間に見られる共鳴と共振にふれ、「〔小林が〕外的な証明を嫌って直接的な確実性を求めている点では、マルセルの考え方にも通じるものを持っている」と書いている。しかし越知は、先に見た小林とマルセルの対談を知らない。それが行われたときにはすでに越知は亡くなっていたからである。

『ランボオ』の作者にも、生者と死者の国は、別個な二つの球体のように存在していたわけではない。『イリュミナシオン』で、ランボーが案内する情景は「他界ではなく、他界に破壊されたままの下界」であり、「未知の国ではなくて、彼岸の怖るべき隣人によってばらばらに把握された、最も手近かなわれらの周囲」（辻野久憲訳）だとリヴィエールはいう。「他界」は死者の国、それは「下界」を包み込む。「他界」は現実世界と同心円状に、多層的に存在し常に今とつながりを持ちながら、不可分に「現存」する。

しかし、どう語ってみても「他界」は、謎に違いない。誰もがそういうだろう。謎は、解かれることを待ち望んでいるのではない。解かれ得ぬままでありながら、共に生きる人間を待ち望んでいる。神秘主義者はこの現実世界よりも異界を語ることに忙しいが、神秘家の責務は眼前の世界に深く生きることにある。むしろ、「下界」すらも、永遠の「謎」であるといわざるを得ない経験が、その生涯を貫く人物を神秘家という。

　神秘家とは、世界の秘密を知る者でもなければ、謎を解いた者でもない。謎の解明者を神秘家と信じるのは、謎の存在にすら気が付いていない者の空想に過ぎない。真の神秘に接した者は、謎を解こうとはしない。むしろ、謎を生きることを選ぶ。謎がそれを求める。「謎」は、越知が小林を論じる際に用いた鍵言語である。「信仰は謎の解決ではない。解決を求める心の抛棄である」と越知は書いている。さらに彼は、謎の一語をめぐって次のような一節を残している。

> ゴッホの中には、聖者への飢渇ともいうべきものがひそんでいたが、このペシミズムこそ聖者をつくる地金となるものだった。同時に聖者が生い育ってくる土壌である民衆のペシミズム、黙々と他人のために一生働きつづけている人々の一人一人の心の奥ふかく秘められたペシミズムでもあったのである。民衆の気力も純潔も、その智慧もその品位も、すべて心をこれに培われたのであって、このペシミズムを理解することが民衆を理解することとなるのである。我々の傍で我々に忘れられている民衆は、我々の精神の遍歴が最後に行きつく謎である。それは単純で、裸である。が、その沈黙の深さ、孤独の深さをはかろうとするには、ゴ

ッホのいう「深いまじめな愛」が必要なのである。私はここで一人の詩人が「深いまじめな愛」に導かれるとき、いかに日常思いもかけなかったような遠いところにまで分け入るものであるかを、リルケの『風景画家論』中の一節を引用することで示したいと思う。(「小林秀雄論」)

ここで越知が、どのようなリルケの一節を指して論を続けようとしているのかは問わない。彼が小林を論じながら、片方に画家ゴッホを、そしてもう一方に詩人リルケを見つめ、その中心に無名の民衆、自ら語ることをしない、無数の民衆の思いを据えていることを確認できれば今は十分だからだ。叡知の言葉はけっして日々の生活から遊離したところに私たちを導いたりはしないことが確認できればよいのである。

三　生けるムハンマド

一九五二年に『マホメット』が刊行されたとき井筒俊彦は三十八歳になろうとしていた。古代ギリシアからローマ時代の哲人プロティノスに至る神秘思想の血脈を描きだした『神秘哲学』が世に出てからすでに三年が経過していた。

『神秘哲学』を手にしたとき、世にいう哲学研究者たちは、この本はあまりにギリシア哲学を神秘化し過ぎていると語ったという。だが、著者自身にはまったく異なる実感があった。『神秘哲学』のなかで井筒は、幾度なく「神秘道」という表現を用いているが、彼にとって哲学とは坑道を掘る営みに似ていた。だが、神秘の道に終わりなどないことを知る彼は、自らの著作が神秘化に過ぎたなどとは思わなかっただろう。むしろ、神秘の大地を目の前にしながら、思うように掘り進むことができないジレンマに苦しんだのではなかったか。プラトンやアリストテレス、あるいはプロティノスの言葉を灯明にしながら道を歩いた井筒の前に顕われたのは、新たな哲学者ではなく、砂漠の預言者ムハンマドだった。この異教の預言者こそ、井筒の「精神的英雄」だった。

その時、僕は、神田をぶらぶら歩いていた、と書いてもよい。向うからやって来た見知らぬ男が、いきなり僕を叩きのめしたのである。僕には、何んの準備もなかった。ある本屋の店頭で、偶然見付けたメルキュウル版の「地獄の季節」の見すぼらしい豆本に、どんなに烈しい爆薬が仕掛られていたか、僕は夢にも考えてはいなかった。而も、この爆薬の発火装置は、僕の覚束ない語学の力なぞ殆ど問題ではないくらい敏感に出来ていた。豆本は見事に炸裂し、僕は、数年の間、ランボオという事件の渦中にあった。

井筒俊彦の言葉ではない。有名な、といってもよい、小林の「ランボオIII」にある一節である。しかし、同質の言葉が井筒によって書かれていたとしても驚かない。小林の前に現れた異界への導者が、詩人ランボーだったようにムハンマドはその姿を顕わにしたからだ。『マホメット』の序文で井筒は、ゲーテの『ファウスト』の一節を引く。訳は井筒自身である。井筒はゲーテをよく読んでいる。井筒はゲーテの文学だけでなく、この詩人の健全なる異教精神を愛した。

またしても我に近づき来るか、蹌踉《そうろう》とよろめく姿どもよ。

そのかみ我が朧《おぼろ》なる眼《まなこ》に映りたる汝等《いましら》よ。
いで此度《こたび》こそ力をつくし汝等を取り抑えて見せん。
怪し、わが心いま猶そのかみの夢に牽《ひ》かるるとは。
汝等《いましら》われに迫り来る。よしさらば靄霧の只中より我が身を繞《めぐ》りて立昇り
思いのままに振舞えかし。
汝等の群を吹きめぐる呪の気息に
いま我が胸は若やぎて蕩揺《とうよう》さるる心地こそすれ。

優れた批評においてしばしば、高らかに謳われた沈黙の記述となる。この詩句に記されている不可視なものたちへの呼びかけは、そのまま『マホメット』を書くときの井筒の心境だったと思ってよい。ファウストにとって異界が実在したように、井筒にとってムハンマドは文字通りに現存する。「マホメットはかつて私の青春の血潮を妖しく湧き立たせた異常な人物だ。人生の最も華かなるべき一時期を私は彼と共に過した。彼の面影は至るところ私についてまわって片時も私を放さなかった」と井筒は書いている。

しかし、世はそうした永遠の境域を容易に認めない。彼自身にも了解されていたように精神を超え、魂の揺らぎに身を任せることは確かに、現代の学問の世界では禁忌に違いない。しかし彼はこう語った。イスラームの預言者の生涯を書き始めるにあたって自分は、「冷い客観的な態度」

で臨むことなどできない。学問の正統から逸脱する行為であったとしても「自分の心臓の血が直接に流れ通わぬような」ムハンマドを描くことなどできないと述べ、こう続けた。

だからいっそ思いきって、胸中に群がり寄せて来る乱れ紛れた形象の誘いに身を委ねて見よう。文化と文明を誇る大都会の塵埃と穢悪に満ちた巷に在ることを忘れて、幻の導くままに数千里の海路の彼方、荒寥たるアラビアの砂漠に遥かな思いを馳せて見よう。底深き天空には炎々と燃えさかる灼熱の太陽、地上には焼けただれた岩石、そして見はるかす砂の広曠たる平原。こんな不気味な、異様な世界に、預言者マホメットは生れたのだった。

ムハンマド伝は作者自身にも愛着深い作品だった。この伝記はのちに、熱情の横溢した個所が改められ別の論文と共に『イスラーム生誕』の第一部として出版された。しかし後年一九八九年に彼は、原文のまま、再度出版を試みる。

「原本なるものには、原本だけに特有の味わいと面白さがある、と信じるようになったからである」と七十四歳の井筒は書いている。彼は、謙遜して、まったく面白くないわけでもないから、できれば読んでもらいたいということを述べたかったのではない。すでにイスラーム哲学研究の大家として世界に知られるようになった井筒は、三十代に書いた預言者伝よりも精確な、また、いっそう広がりをもった作品を書くこともできただろう。しかし、あの時代にまざまざと感じていた邂逅の衝撃をよみがえらせることはできないことも分かっていた。老年になってみて、書かれた言葉は常に、そのときにしか生み出すことのできないものの顕われであることに改めて気付かされたというのである。

「画家が、画布の上に描いたものは、或る時、或る場所で、彼が二度と見る事はない色彩とともに見たものである。詩人の歌うところは、詩人自身の心、誰の心でもない彼自身の二度と還らぬ心である」と小林はベルクソン論『感想』（十三）に書いている。小林は芸術の一回性を論じているだけではない。むしろ二度繰り返されることのない、何ものかの顕現と、それを精一杯引き受けようとする者の無言の営為との接点でしか、真実の芸術は生まれ得ないという厳粛な事実を語ろうとしている。同質の実感は井筒にもあった。そこに、けっして還らない、一度切りの経験が凝縮されていると信じていなければ井筒も、『マホメット』を再び世に送り出したりはしなかっただろう。

復刊された『マホメット』に井筒は新しい序文を寄せた。そこで彼は三十五年以上前に書いた預言者伝の根本問題を振り返りながら、それは「セム的預言現象の中核をなす憑依的主体性と、それをトポスとしてそこに生起する特異なコトバ現象、神言下降（いわゆる「啓示」）の構造について」だったと述べた。

「憑依的主体性」の発見と自覚と、あるいは特異なコトバ現象と呼ぶ「啓示」は、イスラームの預言者にだけ起こった出来事だったのだろうか。同質の事象が井筒の境涯に無縁だったとは到底思えない。『マホメット』は、姿を変えて井筒の身の上に起った啓示的経験の記録なのである。

また、「彼〔ムハンマド〕は屢々異象を見た。しかもその異象は実に生々しいまでに感覚的であった」とも井筒は書いている。小林秀雄が出会ったランボーと同じく、井筒が描き出すムハンマドは透徹した「見者」だった。ムハンマドに飛来してきた「異象」は、紛うことなき現実の出来事だったという井筒の言葉はそのまま、彼自身の経験の告白だった。そうでなければ、この作品も、若き文学者が書いた未熟な習作に過ぎなくなる。そのようなものを回顧の念から世に問うことは井筒俊彦の流儀ではない。

イスラーム教徒を意味する言葉に「ムスリム」がある。ムスリムは、単にイスラームに帰属することを指すのではない。それは神への絶対的服従者を意味する。

ムスリムにとってムハンマドは、神に『コーラン』を託された至高の預言者にして宗祖だが、『マホメット』を読む者の目に最初に飛び込んでくるのは、完成された一人の開祖の姿ではない。抗いがたい力をもって迫りくる神の宣託の前に、慄き、迷う一人の男だ。啓示に従うほか、道がないことを悟るまで、懊悩を繰り返した孤高な一個の詩的求道者の境涯にほかならない。

旧約的な宗教にあっては、終末観は神学的理論でもなければ何らかの観念でもなく、ましてや文学的比喩、寓話のたぐいではない。それは全ての根柢に伏在する感覚だ。生々しい、圧倒的な感覚だ。元来マホメットは傲慢な超人的な人間ではなくて、寧ろ臆病な、小心翼々たる人だった。その彼を一挙にして強靭な石腸の人に変貌させたものは突如として彼を襲って来た終末的感覚であった。（『マホメット』）

終末とは私たちが五感で感じる時間上の出来事ではない。それは永遠界をも司る超越者の絶対的な介入を指す。終末とは、過ぎゆく時間と、けっして過ぎゆくことのない永遠の「時」との交わりの呼称でもある。ムハンマドは、「不気味な終末観的感覚を、全自然が鳴動し、死者が悉く墓地から曳き出されて「審判の日の王」の前に連れて行かれる恐ろしい「最後の日」の光景として、ありありと手にとるように表象した」と井筒は書いている。時間の制約が解き放たれるとき、すでに逝った者たちは、生ける死者となって新生する。「最後の日」は常に今、生起する。だからこそ預言者は、人々に今、ここでの回心を説くのだった。

ムハンマドが預言者となり、イスラームが誕生する以前の異教時代を「無道時代《ジャーヒリーヤ》」という。井筒俊彦は、ムハンマド伝の半分以上をその記述に費やした。彼が見る、道無き時代は、すなわち詩の秋《とき》である。彼がここでいう「詩」は、韻を踏む調べという意味ではない。民族あるいは、時代に宿る魂の声である。それはときに、大地を祝福し、またあるときは、天を呪詛する叫びとなる。無道時代では、岩も砂漠も詩を詠んだと井筒はいう。ムハンマドは、詩の完成者として時代に登場した。詩の爛熟のとき、詩人は預言者へと変貌する。井筒が描き出したのは、生けるムハンマドが神のコトバの器となってゆく道程だった。『マホメット』は研究者の論考ではない。文芸評論家の記述でもない。そこに響いているのは、預言者に連なるコトバの使徒の声である。

井筒俊彦は、三十を超える言語を自由にした。生前から伝説となった異能ともいうべき言語力にふれ、彼自身が司馬遼太郎や安岡章太郎との対談で語っている。そこで井筒は、大抵の言語は数ヶ月で読めるようになり、英語やフランス語は障壁が少ないことから「外国語」ではないという冗談としても驚愕的な才能を感じさせる言葉を残している。旧約聖書を読むためにヘブライ語を学び、プラトンを読むためにギリシア語を習得した。

そうした彼にもっとも「抵抗」を示した言語がアラビア語だった。しかし彼がいうアラビア語とは、現代のそれではない。古典アラビア語のことである。井筒にとって、古典アラビア語の習得は、そのままイスラームの霊性を全身に浴びることを意味した。

彼は二人の師にアラビア語を、あるいはイスラームを学んだ。彼らは共にトルコ語を母国語とするタタール人だった。一人はムーサー・ジャールッラーというトルコ随一の天才的なイスラーム学者で、もう一人はアブドッラシード・イブラヒムである。アブドッラシードと井筒は表記しているが、『イスラーム辞典』(岩波書店)によるとアブドルレシドという方が正しい。

知り合った当時イブラヒムはもう百歳を超えていたと井筒は司馬遼太郎との対談(「二十世紀末の闇と光」)で語ったことがあるがこれは誤りである。彼は日本の若者にそう語ったのかもしれないが、実際はまだ八十歳だった。また、この人物の本業はアラビア語の教師ではない。ヨーロッパによる植民地支配から脱却し、新たなイスラーム帝国の実現を企図し、汎イスラーム主義を説く政治活動家の領袖だった。日本に来てイブラヒムは、軍部の高官や頭山満らと連携を図ろうとしてさまざまな活動をしていたのだった。彼の来日中の生活はイブラヒムの自伝『ジャポンヤ』（小松香織・小松久男訳）に詳しい。

イブラヒムは、仲介者の面目のため、青年だった井筒に会うところまでは譲歩したが、語学を教えるという申し出は強く拒んだ。紹介者は大川周明、あるいは大川に近しい人だと思われる。

今日では大川と井筒の関係に言及されることも少なくないが、井筒の生前は違った。二人の間に交流があったことは司馬との対談で井筒が、この事実にふれるまでは、ほとんど語られることはなかった。そこで司馬に、大川との邂逅とイブラヒームを訪問した時期を尋ねられた井筒は、日中戦争はすでに始まっており、大学の助手になったばかりだったと語っているからおそらく、一九三七年頃の出来事だと思われる。彼はこの年に大学を卒業、そのまま西脇順三郎のもとで助手として働くことになった。

一九三二年、海軍の青年将校が首相犬養毅を暗殺した五・一五事件が起こる。計画自体は知らされていなかったが、拳銃と資金を調達したことから事件に連座したとされ、大川周明は獄につながれていた。大川が仮出所したのは、一九三七年十月のことだった。日中戦争が始まったのはその三ヶ月前である。

同じ対談で司馬は井筒に、大川周明は「日本的右翼というよりも、十九世紀のドイツ・ローマン派の日本的なあらわれの人だったのかもしれませんね」と語る。すると井筒はためらいなく、そうです、と応えた。太平洋戦争に対する司馬の認識を思い出すとき、司馬の大川評は注目してよい。司馬の慧眼にならえば、ドイツ・ロマン派の系譜に咲いた花であるルドルフ・シュタイナーの『三重組織の国家——責任国家論』が浮田和民によって紹介されたとき、いち早く大川が反応した理由も理解できる。

近年、大川を再評価する動きが活発になっている。彼を論じる著作もすでに二、三ではない。彼の著作に直接あたることなく、また、大川が考えていた「亜細亜」の実相を見極めようとすることもなく、今日に至ってもなお繰り返し流される東京裁判での奇行の映像だけを根拠に、この人物に戦争協力者の刻印をしか認めない論議は、あまりに長く続き過ぎた。そうした未熟な歴史との対峙から日本も、そろそろ卒業しようとしているのだろう。日本も、とあえて書くのはインドにおける大川の評価は、もともと日本とは大きく異なるものだったからである。

かつての宗主国イギリスによる支配から脱し、独立国家としての首相として来日したネルーは敬意と共にインド独立の支援者だった大川を宴席に招こうとした。しかし、最晩年の大川の健康状態がそれを許さず、面会は実現しなかった。もしこのとき大川が参席していたらジャワハルラール・ネルーは大川にどのような言葉をかけたのだろう。

大川周明は、ガンディーの運動に蔵されている革命的精神を、もっとも早く看取した日本人の一人だった。真実の革命はドグマを放擲したところに始まる。むしろ、革命家とはその秘密を知る者にほかならない。ガンディーは政治家だといわれることを遺憾としたが、行為者であることを誇りとした。教祖になることを志したことはなかったが、求道者でありたいと願った。こうしたガンディーの姿を大川は見過ごすことはなかった。ガンディーは、非暴力思想など考えたこともなかっただろう。非暴力は思想ではなく、生きることによってのみ証しされる道であることを知っていたからだ。革命はいつの間にか主義を孕んでしまう。主義は育って思想となり、ついには教条と化して革命の終焉を告げる。レーニンの死と共に、レーニン主義が生まれたように、眼鏡と杖と身にまとう一枚の布、ほかに部屋に残されていたのは、幾ばくかの食器と筆記用具、それしか持たなかった革命家が同胞の銃に倒れたとき、ガンディー主義が生まれた。

「大川は宗教者にはなれない性格だが、宗教学者としては一流ではないか」(「大川周明のアジア研究」)との竹内好の指摘は、大川という人物の精神の中心をいい当てている。大川は『中論』の著者で二世紀に生まれた仏教哲学の大成者龍樹《ナーガルジュナ》の研究から学究の道を歩き始めた。宗教をドグマの渦から救い出し、霊性の地平を明らかにすることが宗教学者の使命であるなら、彼は確かに宗教学者だった。

その力量は『回教概論』にもはっきりと見ることができる。出版からすでに七十余年が経過しているが『回教概論』は、今も題名にたがわない内容を蔵している。旧さを感じさせるのは、言葉遣いだけで、文体は強靭で、視座は今も新しい。秘められた告白は古くなることを知らない。

この著作が出版されたのは、一九四二年だった。しかし、獄中記には、その五年前、獄から放たれた時、大半は完成していたと書かれている。井筒俊彦と出会った頃、大川周明のイスラーム観は、すでに熟していたといってよい。大川が、どれほど深くアジアの霊性に接近し、ガンディーの真意を看破し得た稀有な人物だったとしても、彼がイスラームに対して「主体的」な関心を持ち得た人物でなければ、井筒との邂逅も起こり得なかった。

イスラームの預言者の胸に抱かれた悲願は征服ではなく、教導であり、本質的な意味での非戦論者だったことを大川は『回教概論』で再三にわたって論じている。「不幸にして回教は、キリスト教の攘夷的精神のために、常にその面を黒く塗られて来た」と彼は書く。大川にまつわる偏見に翻弄されて、ここにキリスト教への紋切り型の敵意を見てはならない。彼はここで、今も私たちが毎日眼にしている、東洋をめぐる歪曲された事実の報道に見られる問題を端的に指摘しただけだ。『オリエンタリズム』でサイードが、世界にむかって同質のことを言明するずっと前に大川は、東洋の同志にむかって内なる誇りを取り戻せと語ったのだった。

一九四三年、太平洋戦争が烈しさを増すなか、井筒が行った講演の記録がある。場所は東北帝国大学で、主催は当時の文部省教学局の外郭団体、日本諸学振興委員会特別学会だった。時代を反映するように研究会の主題は、「大東亜の文化建設と哲学的諸学」とされていた。他の講演者は「日本神話に於ける国家と歴史」、「国体意識と信仰」などの演題で話をしている。十三人の講演者のなかには、「神代史の一つの見方」の題下で話した、西田幾多郎門下の高山岩男もいた。このとき井筒の演題は「回教に於ける啓示と理性」だった。

当時日本はすでに、東南アジアに広がるイスラーム圏を占領下に置いていた。イスラームの真摯な研究なくして真実の統治はあり得ない、無理解な占領は、その土地の民衆から嘲笑を買うことになる、と井筒は講演の始めにいう。一読すれば明らかだが、井筒の眼目は統治の手段としてのイスラームの把握というところにはまったくない。文化の多様性を認めることは当時の井筒にとっても当然の認識だった。むしろ、彼にそうした世界観を開いたのがイスラームだった。大川を評して井筒は、司馬にイスラームに「本当に主体的な興味をもった人」だったと語った。『回教概論』に述べられているように、大川と井筒にとってのイスラームとは人種、国籍、あるいは職業などによって人を差別しない根源的平等を説く霊性だった。

大東亜共栄圏のイデオローグの位置に大川を据えている間は、高次な意味における宗教、霊性の道としてのイスラームを研究した大川の胸中にあったものを認識することはできない。井筒にとって大川は最初から、時代精神の代弁者でもなければ、右翼の巨人でもなかった。ここでいう主体性が、救済に結びつかないなら、二人を改めて論じるには及ばない。「主体」の一語を井筒は——ことに晩年の井筒は——特別な意味を込めて用いることがある。それは超越の前にただ一人で立つことを指す。

『回教概論』を読む。初期の井筒俊彦への影響は明らかだ。『コーラン』を原語から最初に翻訳したのは井筒だが、重訳とはいえ、『古蘭』（一九五〇）の名で最初に翻訳したのは大川だった。小伝とはいえ、預言者ムハンマドの生涯を初めて描き出したのも彼だった。井筒も大川に動かされただろうが大川は、二十代半ばのこの青年に確かな後継者の徴《しるし》を見たのではなかったか。誤解を恐れずにいえば、『回教概論』を読んでいると、影響は大川から井筒という一方向ではなく、井筒から大川への流れも少なからずあったことが瞭然と感じられるように思う。

一九三八年に東亜経済調査局付属研究所が開設、大川はその責任者になる。翌年には満鉄に統合され、中東研究が活発に行われはじめる。このとき大川は、金に糸目をつけずイスラームの重要な文献を蒐集する。そこにはオランダから買った大叢書『イスラミカ』、『アラビカ』もあった。井筒は、「整理」という名目でこれらを自由に使うことを許された。

日本イスラーム学の暁はここにある。これらの文献に寄り添いながら井筒は、最初の著作『アラビア思想史』（一九四一）を執筆した。「自序」にある通り、この著作こそ井筒と大川との間に育まれた果実だった。先にふれた講演の内容も、二年前に出版された『アラビア思想史』の一部を集約的に語ったものだった。

大川のイスラーム研究は、精神鑑定のあと、東京裁判の被告であることを免じられ、病院に入ってから一層深まっていった。『回教概論』が文庫化されたとき、批評家の村松剛が「解説」を寄せ、この頃の大川をめぐって書いている。村松と大川のあいだには、興味深い縁がある。村松は、ヴァレリー、アンドレ・マルローの優れた評伝作家で、西欧と近代日本精神の問題を論じ続けた批評家だったが、アラブ社会とパレスチナ問題に通じた論客でもあった。また彼の父親村松常雄は精神科医で東京裁判の後、大川が入院していた松沢病院の副院長を務めていた。大川の日記にも「村松博士に『宗教入門』を見せる」という記述がある。

あるとき父常雄は、息子に大川の原稿を見せて意見を求めた。文章はときに感情的だが論理は通っていると答えたと村松剛は書いている。そのとき父親は、自分も同意見だといったあと「病気はやはりなおったのだな」（『回教概論』文庫版「解説」）とつぶやくようにいったという。

同じ一文で「アジア解放主義者は、その役割をおわった。それとともに大川周明は、宗教の研究を志していた若いころに、もう一度もどったように思われる」と述べる村松の指摘は正鵠を射ている。アジア主義、この一語は、定義がほとんど不可能であることは竹内好がさまざまなところで強調している通りだが、この時代に起こった井筒と大川、さらには井筒と二人のイスラームの師との関係を考えるとき、この理念を見過すことはできない。ここでの理念とは、空論であることを意味しない。アジア主義者たちはいつも実践する。彼らは今日からみれば空想的にすら感じられるほど雄大な理念を掲げ、それを現実的な意味における理想として実現しようとしていたのである。大川のようなアジア主義者にとってイスラームはその霊的支柱だった。

このとき大川や井筒にとってイスラームは、遠い国の宗教文化ではない。万民の平等を説き、霊的刷新を促す永遠の革命思想だった。「イスラエル的人格一神教の正統を継ぎながら、而もユダヤ教でもなくキリスト教でもない宗教、それらの堕落した歴史的宗教よりもっともっと本質的で、もっと純イスラエル的な宗教でそれはあらねばならなかった。歴史を超えた宗教、「永遠の宗教」(ad-dīn al-qaiyim) の本当に直接の体現でなければならなかった」（『マホメット』）と井筒は書いている。それを彼はイブラヒームやムーサーという生身の人間から受け継いだのだった。

はじめて会った日本人の若者に、何かを見たのかイブラヒームは、申し出を断って終わりにするはずだったのに「この本はアメリカから来たばっかりだ」と古典アラビア語で話し掛け、「わかるかね」と青年に尋ねた。憧れの古典アラビア語を生で聞き、「うれしくて大変だった」と井筒は司馬に語っている。感激が伝わったのか老人は、青年の申し出を受け入れる。しかし彼は、一つだけ条件をつけた。アラビア語だけを勉強するなど意味がない、イスラームを一緒に勉強するといって、若き哲学徒に『マホメット伝』の英訳本を手渡した（「二十世紀末の闇と光」）。

週に一度というイブラヒームの提案にもかかわらず井筒は、ほとんど毎日通った。二年後、老人は若者に「おまえは、生まれつきイスラム教徒だ。生まれたときからイスラム教徒なんだから、おれの息子だ」といったという。

東京の代々木上原に東京ジャーミイとして知られる礼拝所とイスラーム学院を兼ねた施設がある。一九三八年にトルコ人によって建設された。当時、モスクの指導者イマームとなったのがイブラヒームだった。イマームは『コーラン』を暗記した者が務める役職であり、公の礼拝を司る「導師」と呼ぶべき人間であると大川が『回教概論』に書いている。

ある日老人は、日本人の「息子」に、すごい学者が来た、紹介するといってモスクへと連れて行った。このとき出会ったもう一人の師、「ムーサー先生」と井筒がいう人物こそ、文字通りの天才だった。イブラヒームも聖典は丸ごと頭に入っていた。それだけでも、十分に驚くべきことだがムーサーの記憶力は次元が違った。聖典とその周辺の書物はいうに及ばない。「神学、哲学、法学、詩学、韻律学、文法学はもちろん、ほとんど主なテクストは、全部頭に暗記してある。だいたい千ページ以上の本が、全部頭に入ってしまっている」（「二十世紀末の闇と光」）という人物だった。イスラームのウラマーの教授法に接した最初の経験だった、と当時を振り返って晩年の井筒俊彦がインタビューに答えている。

ウラマーとは大学者のことで、学者は文献に頼らずとも、どこでも学問が出来なくてはならないとムーサーはいった。書物がなければ学問が出来ない。それではカタツムリではないかといって笑ったという。ムーサーと出会うことがなければ、『アラビア思想史』も『神秘哲学』も生まれなかっただろう。生誕百年を記念し『井筒俊彦全集』が刊行されているが、その読者はまず、井筒が論じる広大な領域に驚異を覚えるだろう。しかし博覧強記も主体性と独創性に変貌しなければ発せられる言説はいつも虚しい。ウラマーはこの言葉の秘義を伝えた。

「行脚漂白の人」とムーサーを井筒が呼ぶように、この人物の生涯は旅のなかにあった。今日ではこの人物の生涯も少しずつ分かり始めていて、先に参照した『イスラーム辞典』によると、ロシアに生まれた彼は、ペトログラードの大モスクではイマームの職にあった。メッカに暮らすこと三年、のちにロシアに戻って出版社を開くが、革命後のロシア政府の迫害に遭い、国外への移住を余儀なくされた。トルキスタン、中国を経て、来日、日本での滞在は二年に及んだ。その多くの日々をムーサーは井筒と共に過ごした。その後、イラン、エジプト、インド、イラクなどのイスラーム圏を放浪し、一九四九年に六十一歳のとき、エジプト・カイロで没した。

敬虔なムスリムに「生まれつきのイスラーム教徒だ」とまでいわれたが井筒は、ムスリムにはならなかった。『神秘哲学』のエピグラフで一節を引いたロマン・ロランや、彼と同時代のユダヤ人の女性思想家シモーヌ・ヴェーユといった、入信なき敬虔な霊性の信仰者を私たちは知っている。ユダヤ人だったベルクソンが晩年、葬儀はカトリックの様式で行われることを願いつつ、洗礼を拒んだことは、その「信仰」が、教義を超える強靭さを備えていたことの証だとしても、その逆ではないだろう。小林秀雄が、明恵を語り、禅仏教を語るとき、あるいはドストエフスキーやゴッホを論じるとき、彼が特定の宗教に属していないことがその言葉の意味を減じることになるだろうか。井筒も彼らのように宗派ではなく、霊性の地平で生きることを選んだ一人だった。

ムーサーが日本をあとにして、しばらく経ったころ、ある外交官が彼の言葉を井筒俊彦に伝えた。自分は日本人の弟子を一人持っていた。名前を井筒といったというのである。この出来事は妻井筒豊子の小説「バフルンヌール物語」（『白磁盒子』所収）に詳しい。

「弟子」とは単に、誰かに教えを受けた者を意味する言葉ではない。弟子は、師の門をたたいただけではそう名乗ることはできない。人は、その血脈と分かちがたいつながりがあることを師に認められることによってはじめて、弟子たり得るのである。

四　美しい花

一九四二（昭和一七）年、太平洋戦争の戦況は次第に烈しさを増していた。このとき井筒は、慶應義塾大学で、のちに『神秘哲学』に結実する、古代ギリシアに響き渡った神秘の叡知をめぐって講じていた。しかし時勢は、こうした西洋文化を正面から論じるような講義を続けることを困難にしてゆく。

別なところでは吉満義彦が、カトリックの学生寮で若き遠藤周作たちを相手にキリスト教神秘主義の講義を行っていた。吉満は当時の時代を領していた空気にふれ、「人類の歴史の危機は、人間的悪の危機であるよりは天空の「悪霊」の戦いの挑みとして、超人間的精神のヒロイズムへの訴えとなる」（「危機における人間性の意識」）と書いている。

鈴木大拙が『日本的霊性』を刊行したのは一九四四年十二月、戦争が終わる九ヶ月ほど前だった。戦後まもなく出版された大拙の『霊性的日本の建設』は、「自分は世に隠れもない魔土である」、とあるように「魔王」の独白から始まる。「悪霊」と吉満は書き、「魔王」と大拙は書いた。彼らはそれぞれの試みを黙々と行っていただけなのであろうが、それが眼に見えないものとの闘いでもあったことはそれぞれに、どこかで意識されていたのではなかったか。

同じ頃、小林は「当麻」をはじめ「西行」「実朝」「雪舟」を書いていた。「モオツァルト」に着手したのは一九四三年である。戦争中の小林秀雄の沈黙は、しばしば論じられる。彼は言葉を失っていたわけではない。戦後、彼は、先にふれた佐々木基一や平野謙らが参加した座談会で、自分は「無智だから反省なぞしない。利巧な奴はたんと反省してみるがいいじゃないか」(「コメディ・リテレール」)と語った。徒な後悔と早急な反省はけっして人間を無私に導かない。自己弁護の罠に足を突っ込む幼稚な営為に過ぎないというのだろう。挑発的な発言だが、小林の信条を直接に語ってもいる。

「美しい「花」がある、「花」の美しさという様なものはない」、坂口安吾が「教祖の文学」(一九四七)で批判的に引用して以来、小林秀雄論を書くほとんどの者が素通りすることのない、小林の「当麻」(一九四二)にある一節である。戦中、戦後を貫く小林の仕事はこの作品から始まる。

一体小林は、美しい「花」に何を見たのか。「花」は彼に何を告げたのか。小林は説明などしていない。ただ「花の美しさ」という想念は脆弱に過ぎるだけでなく、経験の事実を伝えないと思われたことは分かる。

ここでの「見る」は、視覚的営為に限定されない。万葉の時代からあるようにそれは、不可視なものにふれることを含意する。現代人は花の美しさを語りたがるが、人間に許されているのはただ、美しい「花」を見ることだけだ、という素朴な確信に彼は導かれた。「花」をめぐる経験は、自らを美学に導くものではないと小林はいう。しかし、この言葉を頼りに小林秀雄の「美学」を模造しようとした試みはなかったか。それは今も続いているように思われる。

「教祖の文学」の作者の眼は、まるで違ったところに据えられていた。真実の文学は、久米の仙人の視座からしか生まれないと安吾はいう。久米の仙人が誰かを思い出すことができなくても、『今昔物語』に出て来る、川で洗濯する女性のふくらはぎに魅惑されて地上に墜落し、法力を失った仙人の話は覚えているかも知れない。人間の「男」となった仙人は、その女を妻として下界の者として暮らすことになる。

自分はいつも一介の戯作者でいることに情熱を傾けるといっていた安吾に、久米の仙人は人間の典型だった。「落下する小林は地獄を見たかも知れぬ。然し落下する久米の仙人はただ花を見ただけだ。その花はそのまま地獄の火かも知れぬ。そして小林の見た地獄は紙に書かれた餅のような地獄であった」と安吾は書き、小林の態度を痛烈に批判した。文学は、親しくする女性との生活のためにする、それ以外のものではないと安吾はいった。だからこそ文学は彼に、代替が許されない唯一つの道だったのである。

「人は正しく堕ちる道を堕ちきることが必要なのだ。（中略）堕ちる道を堕ちきることによって、自分自身を発見し、救わなければならない」。安吾の「堕落論」（一九四六）の終わりにあるよく知られた一節である。
「正しく」との一語は、道を求めて、と読み替えてよい。安吾は求道者などと呼ばれることを唾棄すべきこととして嫌うだろうが、歩いた軌跡が道と呼ぶべきものだった事実は変わらない。彼がいう「教祖」とは、道を見失うと同時に、彷徨することを止めてしまった者の呼び名だろう。安吾は小林に、どうして悟ることを説き、迷うことの意味を語ることを止めたのかといいたかったのかもしれない。

しかし、堕ちきることは人間の任ではない、あるいは、人間は堕ちるには可憐で脆弱に過ぎるといったのも安吾だった。「堕落論」の作者が「堕ちる」とき、自らの傍らに発見した者は、遠藤周作が『沈黙』で描き出した「あの人」と無縁ではない。安吾にとってキリストは永遠の同伴者だった。

作品が発表されてしばらくすると安吾と小林は対談（「伝統と反逆」）をすることになった。そこで小林は、批評家は誤読したりしないと読後感を安吾に伝えた。安吾は、あの作品ほど小林を評価したものはないと応じている。「教祖の文学」の作者は、小林秀雄を読者にできれば、それでよかったのかも知れない。企図が成就したことは対談に明らかだった。

「当麻」は幾人かの文学者の心を強く動かした。この時代の作品では「無常という事」がもっともよく知られているが、晩年の『本居宣長』に至る道程の淵源は「当麻」にある。そうしたことを幾人かの人々は予感的に感じている。井筒俊彦は、小林の「当麻」を知っていただろうか。もし、読んでいたなら彼は、小林の「花」に何を感じただろう。井筒は小林の言葉に驚いたりはしなかっただろうが、意外なところに同志を見つけたことに静かに喜んだかもしれない。

花が存在するという表現は、現実をあまりに歪曲しているとイスラーム神秘哲学者イブン・アラビーはいう。イスラームにおいて哲学は、この人物の出現において神秘の方向に大きく窓を開くことになる。ここで「神秘」とは、人間の努力だけではどうしても拓くことができない叡知の沃野を意味する。

哲学とは、超越の介入なくしては進むことのできない場所までの道程で、それより先は「ヒクマット（hikmat）」すなわち叡知の哲学と呼ぶべき境域になるとイブン・アラビーは考えた。

この神秘哲学者の思想を引き受けながら井筒は、花が存在するのではない、「存在が花する」、といわなくてはならないと語った。

先にもふれたがイブン・アラビーにとって「存在」は、超越者の哲学的異名である。万物は「存在」から在ることを分有されて、存在することができる。さらにいえば、「存在」が不在であれば、「花」は存在し得ない。あるいは花は、「存在」が世界に向かって、自己を表現しようとしたときの結晶といってもよい。万物は存在の自己展開あるは自己顕現（self-manifestation）であると井筒は語っている（*Sufism and Taoism*）。

「花」に限らない。イブン・アラビーにとって、存在者はすべて、「存在」の自己展開的開示にほかならなかった。すべての存在者は「存在」の分節的展開の表象だとこの哲学者は考えている。

こうしたイブン・アラビーの哲学を「存在一性論」という。ここで語られている存在論は、そのまま井筒の根本問題になる。井筒は、この問題を最晩年まで論じ続けた。その道程は、そのまま、彼が「存在」の経験を深化させる歩みとなっていった。

「存在」に接近するには、日常の意識の呪縛から離脱しなくてはならない。さらにいえば新たな意識によって認識された日常を取り戻さなくてはならない。『イスラーム哲学の原像』（一九八〇）で井筒は、禅者がひたすら座禅をすることで世界の根源にふれようとするように繊細なまでに組み立てられたイスラームの神秘家が実践する行法を論じる。意識の壁を突破する行によって彼らが表層意識を超え、深層意識へと向かう姿がまざまざと語られる。

しかし、混同してはならない。「存在」の実存は、人間の意識の位相によって有無が決せられるものではない。人間の意識がどうあろうと「存在」は存在する。濃雲に覆われて、姿が見えなくても、確かに太陽は存在する。眼に、豪雨や暴風しか映らないときも、雲上で変わらず、太陽は地上に光を注いでいる。ここに来て、感覚できないことは不在に等しいといえば愚かに過ぎるだろう。

しかし同時に、マルセルの言葉を借りれば、それが人間にとって「現存」しているかどうかも大きな問題であり続けている。「現存」が実現するためには意識の変容を欠くことができない。井筒の言葉でいえば世界は意識によってその姿を変じるのである。

「存在」という形而上学の問題を経なくても私たちは、日常の出来事のなかにさまざまな存在の類比的事象を経験する。たとえば、光それ自体を感じることはできなくても、色を見る。色を認識することで光を身に宿すことができる。色を感じるとき、私たちは同時に光を経験している。『神秘哲学』で井筒はプロティノスを論じ、万物の根源である「光り」と、世を照らす「光り」の働きである「光」、さらに「光るもの」を峻別する。色は「光り」の化身だが、「光り」そのものではない。「神からの此の促しは、感性的世界の事象に譬えて見れば一種の光りとして象徴化される」と述べ、井筒は、彼自身が「光り」の光景を目撃したかのように、こう記した。「光に照らされて燦爛と輝きわたる事物も確かに美しいが、光りそのものは更に美しい。霊魂はかかる光りに促されて、先ず照り輝く事物に至り、次に其等の美しき事物を悉く後に見棄てて、遂に光りそのものの裡に進み入るのである」。

イブン・アラビーが「存在」と呼んだものに、同時代の神秘哲学者スフラワルディは、プロティノスの哲学を継承しつつ、「光」の呼称を与えた。光は遍在するとスフラワルディはいう。闇すら光が無ければ存在しない。闇は光の欠落ではなく、不可視なまでの凝縮であると考えた。「存在」の神秘をかいま見た者は皆、人間による創造を否定するに至る。無から有を生み出す、厳密な意味における創造は人間の業ではないからだ。さらに創造の否定という「啓示」は、創造の発見へと人間を導く。自分がダヴィデを創ったのではない、掘り出したのだとミケランジェロは語った。この天才に宿った芸術家としての信念は、イスラームの神秘哲学者たちの世界観からけっして遠いものではない。

ムスリムの聖なる書は二つある。一つは聖典と呼ばれる『コーラン』。この書には預言者ムハンマドを通じた神の啓示が、そのまま記録されていると信じられている。もう一つの書は、聖典に対し聖伝と呼ばれる、預言者とその眷属の言行録『ハディース』である。井筒は、「存在」の実相を語るイスラーム神秘家たちが引用する、次のような聖伝の一節を紹介している。

「私は隠れた宝物であった。突然私のなかにそういう自分を知られたいという欲求が起った。知られんがために私は世界を創造した。」(『イスラーム哲学の原像』)

人間に「知られんがために」と語る「私」はもちろん、預言者ムハンマドではない。預言者を司る神自身である。神は自身の分身を宝玉に宿して世界に解き放ったというのである。ここでの「宝物」は、小林が書いた「花」にほかならない。美しい「花」を見たとき小林は、イブン・アラビーのいう「存在」の世界に招かれている。彼にとって「花」こそ、美――すなわち超越者の働き――の化身だった。むしろ小林が、美と書くとき、そこには超越的実在の働きが強く意味されているというべきなのかもしれない。小林は優れた批評家である前に美の使徒である。

「一切のものが美しいのは、それ自体に於て美であるのではなく、此の絶対超越的本体美に参与しこれを分有する限りに」(『神秘哲学』)おいてのみ美しいと井筒はプラトンを論じながら述べているが、それはそのまま小林の実感でもあった。「美というものは、現実にある一つの抗し難い力であって、妙な言い方をする様だが、普通一般に考えられているよりも実は遥かに美しくもなく愉快でもないものである」と小林は「モオツァルト」で語り、さらに美をめぐってこう記した。

それにしても、真理というものは、確実なものの正確なものとはもともと何んの関係もないのかも知れないのだ。美は真の母かも知れないのだ。然しそれはもう晦渋な深い思想となり了《おわ》った。

真と美の別れないところに立つこと、あらゆる存在者――井筒はそれを「一切者」という――が「存在」から湧出する地平に立つこと、そこに哲学が、あるいは文学が始まり、その実相を見極めることが、ただ一つの目的だというのである。「存在」の境域で目撃した出来事を普遍化する労働、それが小林にとっての文学であり、井筒とっての哲学だった。

それにしても二人が共に、「花」の喩えを好んで用いるのは偶然だろうか。「禅における言語的意味の問題」と題する一文で井筒は自分がいう「花」は、禅の古典『碧巌録』第四十則の公案「南泉一株花」に由来すると書いたことがある。井筒と同様に「花」の霊感が『碧巌録』を通じて小林にもたらされたかどうかは知らない。しかし、この禅籍はけっして小林に縁遠いものではない。「当麻」を書いた四年後、ドストエフスキーを論じながら小林は、大拙にふれつつ『碧巌録』に言及している（「ドストエフスキイのこと」）。

禅は、若き井筒にとって彼の生活の空気を決定したものだった。だが、ここでの禅は、いわゆる禅仏教と呼ばれるような、他の霊性から隔絶したところにある流派ではない。むしろ、あらゆる宗教の底を流れる働きそのものだと考えてよい。大拙は若き日の著作『禅の第一義』(一九一四)で次のように語った。

すでに禅を以って宗教の極致となすときは、宗教のあるところにはかならず禅あるべきものなり。禅は東洋の専売にあらず、また仏教の特色にあらず、いやしくも宗教に憧《あこが》るる人の心あるところには、禅の面目の発揮せらるべきは自然の理なり。されば予はここにキリスト教国の禅なるもの、泰西の宗教文学中に現われたる禅なるものをすこしく紹介せんと思う。
禅とは梵語《ぼんご》の禅那の略にして、その本来の義は思惟とか、冥想とか、静観とかいうことなり。

仏教だけでなく、キリスト教のなかにも禅は生きているというのである。ここで禅と書いたものを彼は、のちに霊性と呼ぶことになる。

神秘哲学者井筒俊彦誕生の秘密は、初版『神秘哲学』第一部の序文に詳らかに記されている。「元来、私は東洋的無とでもいうべき雰囲気の極めて濃厚な家に生れ育った」という一文から始められる、魂の道程を最も直接的に語った文章である。そこで描き出されているのも大拙のいう意味における「禅」の出来事、禅仏教に縛られない「禅」の世界である。

井筒の父親は実業家だった。彼は、後に神秘哲学者となる息子に徹底的な思索の否定を礎にした「神秘道」の実践を、文字通り強いた。

「心」と書かれた紙を眼前に据えながら、そこに書かれた文字ではなく、心中に書かれた文字を視よ、と父親はいった。二十四時間、一瞬の休みもなく徹底的に凝視し、「念慮の散乱を一点に集定せよ」（『神秘哲学』）。次は、文字ではなく、その背後に、自己の生きた心を見ろといい、見えたと息子がいえば、心を見るな、ひたすら無に没せよと父はいう。ついには無すら見るなという荒行だった。父親が強いたのは、厳格なまでに一切の思惟を禁ずる「観照的生（Vita Contemplativa）」だったと井筒は書いている。

父信太郎は新潟の出身だった。井筒と父親のことを思うと自然に、越後出雲崎に生まれた良寛のことが想い出される。良寛と哲学者の思想の類似ではない。境涯のそれである。

良寛の父の名は山本左門泰雄という。養子に入り、橘屋という旧家を継いだ。京屋という競合の出現で一家は凋落していく。名家の没落は時代の趨勢でもあったのかもしれないが、この父の性質にも大きな要因があった。彼は以南という号を持つ俳人でもあり、風流の人で、小林一茶とも浅からぬ交流があった。

当時橘屋は、商業の地として賑わった出雲崎の名主であり、神官も兼ねるという家柄だった。しかし以南は、その伝統を背負い、賄賂と汚職と権力にまみれながら現実社会に生きることを潔しとするような人物ではなかった。良寛が三十八歳のとき、六十歳になった父親は『天真録』という義憤の書を残して京都桂川で入水自殺を図ったと伝えられる。

この事件のあと良寛は、父親が作った句をいくつか選び、自ら書き写し、自身の歌を添え、生涯それを身辺から離さなかったという。義による憤死をもって生涯を終えた、俳人でもあった父親の境涯は、弟に家督をゆずり、やはり出家し、歌人でもあった良寛にとって、そのまま自身の問いとなった。

同質のことは、井筒と父親の間にも起こっている。父親こそ、井筒俊彦の人生において、最初に登場した「霊魂の戦慄すべき分裂を底の底まで知りつくした不幸な、憑かれた」神秘家だった。目撃した父親の修道は、「生と死をかけた何か切羽詰ったものをもっていた」（『神秘哲学』）とすら井筒は書いている。

生とは「死の修練」の異名であるとも井筒はいう。「死」は、この若き井筒の代表作を読み解く重要な言葉になる。

生きることは不可避的に死に近づくことにほかならない。私たちが暮らす現象界における死はそのまま、異界における誕生であるという確信がプラトンの中核思想だと井筒は考えている。また井筒は、死と新生をめぐるギリシアの悲劇詩人エウリピデスの「恐らくは、生は死であって、死が却って生であるかも知れぬ」との一節を引いている。そう語ることによって井筒は生を軽んじているのではない。むしろ、彼の念頭を去らないのは生きることの意味である。人は、それぞれの生を生き切らなくてはならない。プラトンが考える愛の実現は、人間に託された、この世におけるもっとも重要な使命だが、それも「死の修練」なくしてはあり得ない。

愛は暗々の裡に一歩一歩「死」を実践することによって甫《はじ》めて上昇の道を辿り得たのであった。一つの肉体から二つの肉体へ、二つの肉体からあらゆる肉体へ、肉体から事業へ、事業から知識へと美の連鎖をつたわりつつ窮極の美に向って登り行く霊魂上昇の各段階は、その一つ一つがすなわち死の実践の段階なのであった。所謂《Stirb und werde》〔死して成れ〕としての「死」がなければ霊魂は絶対に上昇することはできない。（『神秘哲学』）

「事業」という言葉は、まったく唐突に出てくる。この一文を書きながら、井筒は実業家だった父親を思い、自らの境涯を重ねなかったはずはない。この父親なくして、東洋哲学の巨人井筒俊彦はあり得ない。ここで井筒は、愛と死と美と真が収斂する一点を見いだそうとする。彼にとって哲学とは愛や死を、あるいは美と真をそれぞれに認識することではなかった。それらの源泉にふれることだった。

皮肉なことなのかもしれない。徹底的な思惟の否定を説いた父親の教えは、かえって究極の思惟を説く古代ギリシアの哲人とその神秘哲学に井筒を導くことになった。「西欧の神秘家達は私にこれと全く反対の事実を教えた」と井筒は書いている。

だが、そうした転回が容易に実現したわけではない。それはむしろ回心と呼ぶべき出来事だったように思われる。絶壁を行く登攀者が命をつなぐ一つの石を発見したに等しい経験だった。「彼等の哲学の底に、彼等の哲学的思惟の根源として、まさしくVita Contemplativa〔観照的生〕の脱自的体験を予想していることを知った時、私の驚きと感激とはいかばかりであったろう。私はこうして私のギリシアを発見した」(『神秘哲学』)と井筒は書く。哲学が観照の脱自的体験として現成するとき、それはそのまま、一つの「行」となり、「道」となる。

一九四三年に小林が書いた、ドイツの軍人ゼークトの回想録『一軍人の思想』にふれた作品がある。小林は、第一次大戦で辛酸を嘗めたドイツ軍を再建した老兵の営みに無私の精神の顕現を見た。小林は、この老兵の言葉に少なからず動かされたようで、別なところでも、その著作にふれている。

この一文で小林は、「立派な行為者の道は、遂に達人名人に到る一種の神秘道である」と書く。高次の実践は、参与者の意識にかかわらず、透徹されれば、そのまま自己を陶冶する道となり、ついに「自分が精通し熟知した事柄こそ最も難かしいと悟る道」になる。それが小林のいう「神秘道」である。不言実行とは、言わずに実行するということではない。「言おうにも言われぬ秘義」を「実行によって明るみに出す」ことだとも書いている。真実の神秘家はいつも、「行為者」の相を帯びていなくてはならない。この点において、小林は揺らぎを知らない。小林の父親豊造も実業の世界に生きた人だった。「無私の精神」(一九六〇)と題するエッセイで、彼が「実行家」

と言及しているのも、ある実業家の境涯である。小林がいう「神秘道」とは、そのまま無私の精神を陶冶する道だといってよい。

『神秘哲学』は、井筒の哲学的原点を知る上で極めて重要な著作だが、彼はこの作品を「血の吐く思い」という言葉通り、病床で血を吐きつつ書いた。次の一文は井筒が父親から継承した人生の態度を如実に表している。その感慨を無視して、この哲学者の境涯に接近することはできない。近代日本における神秘思想の源流に立ち会うのである。少し長くなるが引いてみたい。

ギリシア最初の、従って西洋最初の哲学思想は、屢々人が誤り考うるごとく、清澄無雑なる観想生活、純粋冷静なる抽象的思索の所産にはあらずして、大宇宙に汎在し、人間に脈通するところの生成躍動する生命の沸き返り溢れ出ずる激流のさなかより生れ来ったものであった。それは生意識昂揚の極致、全宇宙にまで拡散する異常なる生命緊張の所産であった。ひとりミレトス学派に限らず、一般にソクラテス以前期の代表的哲学者が、僅かの例外を除いて、いずれも溌剌たる時代精神をその一身に凝集する活動家であり、思惟することが直ちに行動することを意味するごとき情熱的実践家たりしことは決して偶然ではあり得ない。彼等の時代的先輩であり且つ同輩たる抒情詩人達が、ひたすら詩美の彫琢に汲々たる純芸術家にはあらずして、内患外憂ただならざる動乱の逆巻く中にあって、生命を賭して真理と自由のために戦う熱血の闘士であった如く、此等ギリシア最古の哲人の大多数は、世俗生活に遠き思索の蓬廬《ほうろ》に幽居独棲し、淡焉として俗事にかかわることなき孤独狷介の思想家にあらず、自ら進んで身を喧騒の巷に投じ、親しく民衆と交りつつこれに正しき道を指示せんとする人民の教師、或は敢然として国難に赴き、民心を鼓舞激励して外敵をやぶる雄勁豪偉の武人、或は国風の腐敗堕落を見て憂国の至情抑えがたく、決然立って政治を刷新する一代の経世家、曠世の革命家、また故国の輝かしき立法家であった。(『神秘哲学』)

「思惟することが直ちに行動することを意味する」。同時代の好例はインドに現れた。ガンディーである。大拙は『日本的霊性』でガンディーにふれ、霊性が人間の行為によって示されることが、現代においてもなお、烈しく行われていることに注目している。大拙にとってガンディーは真の意味における革命家だった。大拙にとって革命は、常に霊性の革命を伴うものとして認識された。彼が『日本的霊性』で法然や親鸞を論じるのも、この二人が単に宗教の世界の内側に改革をもたらしたのではなく、宗教の側から真の革命を起こしたと信じたからだ。近代西洋とはまったく異なる姿をした革命の可能性があることを、戦争末期、大拙は霊性を語りながら世に訴えたのである。

『神秘哲学』で井筒は、ロマン・ロランの言葉を引いているが、ロランもまた実践する神秘家の魂に接近し得た人物だった。彼は神秘家の真偽は発せられた言説よりも、その営みによって見分けられることを熟知していた。同質のことをベルクソンが『道徳と宗教の二源泉』で、さまざまな伝統につらなる神秘家たちに言及しながら論究している。

同書で井筒はプラトンの言葉に導かれながら神秘家の定義を試みる。神秘家とは、神秘体験に遭遇し、そこに意味を探る人間のことではない。それは、道の半分に過ぎない。真実の啓示を受容した者は必ず、その実現を志し一介の行為者となり、「万人のために奉仕する」ことが目的とならなくてはならないと井筒はいう。プラトンは、現代人が哲学者という表現から想起するような、机上で生活を送る著述家だったわけではない。むしろ彼自身が定義する高次な意味における「政治家」の境涯を貫いた。哲学者が概念の世界に遊び、現実世界から遊離することを井筒は哲学の堕落だと考えた。そうした態度は彼の生涯を貫いている。

イスラームを語るときも井筒がまずふれるのは、現代社会におけるその位置、非イスラーム世界との抜き差しならない関係である。また、自らの「東洋哲学の共時的構造化」の意義をいうとき、彼が語るのは来るべき世紀における「東洋」に託されるだろう役割である。

東洋、と井筒が書くとき、それは必ずしも地理的領域に限定されない。彼はそれを一つの理念だといったこともある。古代ギリシアから流れ出た霊性の波は、彼が考えた東洋哲学の淵源だった。異なる文化、宗教、歴史が交わり合うとき、必ず衝撃を伴う出来事が起こり、多くの場合は、悲惨な、過酷な事象を伴う争いとなる。文明の衝突から生まれる憎悪の連鎖を瓦解させ、創造的進化へ導くもっとも深遠なる叡知。それが井筒俊彦の神秘哲学にほかならない。

プロティノスで終わった『神秘哲学』（「ギリシアの部」）は、ヘブライの部ユダヤ思想を経て、アウグスティヌス、十字架のヨハネなどキリスト教神秘家へと進むはずだった。こうした井筒の試みを先んじて行っていた人物がいる。吉満義彦である。

年譜上の事実からいえば、吉満はカトリックの信徒であり、一介の哲学教師ということになる。しかし彼は、四十歳になったら司祭になると明言していた。その夢を持ちつつ、病に倒れたのだった。語ったことよりも、語り得なかったことを多く持ったまま、彼もこの世を後にした。司祭になると定めていた不惑の年を過ぎて間もなくのことだった。吉満には主著がない。だがそれは書かれなかったのではなく、著作として刊行されなかっただけだ。目次も決まって、発刊の準備も進んでいたが、余命がそれを許さなかった。

没後まもなく『吉満義彦著作集』(一九四八―一九五二、四巻)の編纂が進められた。そこに収録されている作品を読んでも、同じく没後発刊だったが、多くの読者を獲得した『哲学者の神』(一九四七)に収められた文章を読んでも、投げかけられた問いは哲学の分野に限定されていない。事実、吉満は、小林秀雄、河上徹太郎が参加していた『文學界』や『新潮』をはじめとした文芸誌にもしばしば寄稿していた。吉満は哲学者、神学者であると共に特異な批評家でもあった。近代日本における霊性の系譜を考えるとき、吉満を看過することはできない。

神と天皇のどちらが偉いかと聞かれたら、どうしたらいいのか、答えを間違えれば大変なことになる時代が、吉満の晩年だった。信仰を深めることが「神」との絆を強くすることではなく、国家への反逆にもなり得る時代だった。そうしたとき吉満は学生たちに、自らに託された最高のものとして神秘哲学を講じた。

講義を聴講する学生たちには、吉満がなぜ、このとき神秘哲学を選んだのかを理解できない。その一人に遠藤周作がいた。そのときは、眠気と戦うのが大変だったと遠藤が書いている（「吉満先生のこと」『心の夜想曲《ノクターン》』）。代表作の一つ「神秘主義の形而上学」で吉満は「最深の神秘的人間はまた最深の行動的人間である」と書いた。思想と実践はいつも不可分であり、不可分であるところに、生命の実相があると語った。「私はここにわれわれの現在おかれてある世界史的立場においてキリスト者がいかなる思想的課題を負わされているかを、将来の知識的思想的指導者たるべき若き世代に向かって語りたいと思う」（「現代キリスト者の思想的立場」）との一節から始められる作品で吉満は、思想で解決できないことを行動で解決するべきだという者は、思想に託された真の意味を知らないばかりか、実践の意義すら見逃していることを若者たちに伝えようとしたのだった。

吉満は、小林秀雄とも親交があった。『吉満義彦全集』（一九八四―一九八五、五巻）にも入っていないため吉満が小林の『ドストエフスキイの生活』を論じていることも、今となっては知る人は多くないかも知れない。小林がドストエフスキーの評伝を書いていた頃、キリスト教と一元論をめぐって、吉満と小林との間に対話があったことを越知保夫が「小林秀雄論」に書いている。吉満は、越知の師でもあった。越知の「小林秀雄論」は次の一節から始まる。

十五、六年も前のことである。当時健在で居られた吉満先生のお宅を訪ねた折のことである。偶々小林秀雄氏（以下敬称を略す）の話が出た。先生は小林秀雄とは一高当時同級であった間柄だがヨーロッパから帰朝されて以来ゆっくり話をされる機会もなかったようである。

この作品を書くことで越知は、小林と吉満の間に横たわる、近代の闇を底から照らす言葉を探したのである。その一つが「民衆」だった。個が個でありながら、心の深みで他者とつながった人間の存在を越知は、民衆という古い言葉で語り直そうとした。「民衆に躓くものは教会に躓くであろう。そして同じく教会に躓くものは決して民衆を知らないであろう。民衆には天使が隠されている」。「民衆と天使」（一九三六）と題する作品にある吉満義彦の言葉である。

また吉満は、文字通りの意味で遠藤周作の師である。吉満と出会うことがなければ遠藤は文学者にはならなかったかも知れない。

ある日吉満は、遠藤を堀辰雄に紹介する。このことがいかに大きな出来事だったかは、遠藤の最初の長編評論が「堀辰雄覚書」（一九四八）であることが如実に物語っている。この作品は遠藤が試みた霊性論として読むこともできる。彼の眼に映った堀は、キリスト教の霊性に魅せられると同時に湧き上がる内なる日本的霊性から離れることができないでいる揺れ動く魂である。二つの霊性のどちらかを選ぶのではなく、それを架橋しようとする者だった。

同質のことを吉満は哲学の現場で試みていた。吉満は、現代の日本人が、真にキリストを、あるいはキリスト教を語り得るコトバを探した。コトバの発見はそのまま霊性の発見になることを吉満は知っていた。

その主題はそのまま井筒俊彦に継承される。哲学とは、コトバのコトバ、あらゆるコトバの根源にあるコトバ、井筒がいう「メタ言語」（『意味の深みへ』）の発見に究極する。対談「文学と思想の深層」で遠藤が吉満に言及すると井筒は、吉満の作品はよく読んだ、と語った。若き井筒俊彦における吉満の影響は無視することができない。吉満は、先にふれた「神秘主義の形而上学」で、イスラーム神秘主義にもふれている。それだけではない。のちに井筒が論じることになる異端の神秘家アル・ハッラージュを日本で最初に本格的に論じたのは吉満だった。吉満は、近代日本におけるきわめて独創的なリルケ論者であり、ドストエフスキーの理解者でもあった。リルケは井筒がもっとも愛した詩人の一人だった。小林は『近代絵画』においてセザンヌを論じながらリルケを熱く語った。小林とドストエフスキーの関係は改めていうまでもないだろう。井筒は、『ロシア的人間』だけでなく、『コーラン』を論じるときでさえドストエフスキーに言及している。

もしも井筒の企図の通り『神秘哲学』の続編が書かれ、天が吉満義彦にしばしの時を与えたなら、二人の接点はより鮮明になったに違いない。そればかりか二人はきわめて高い可能性で会っていただろうし、交流も深めただろう。『ロシア的人間』を書いていたころ、井筒はカトリックに接近する。井筒はもし、特定の宗教に入信するとしたらカトリックであると近くに接した鈴木孝夫に語ったこともあった（「井筒俊彦の本質直観」坂本勉・松原秀一編『井筒俊彦とイスラーム』）。もし吉満がもうしばらく生き長らえていたら、小林と井筒の間を彼がつないだ可能性も十分にあったのである。

五　ロシア的霊性

東京の御茶ノ水に、ニコライ堂と呼ばれている、薄緑色のドーム型の屋根を冠した教会がある。正式な名称は東京復活大聖堂教会で、日本における東方正教の中心地、いわゆる本山にあたる。通称は、宣教師ニコライの名前にちなんでつけられた。ニコライは、今日となっては想像もつかないほど広く、深い影響を日本人にもたらした。彼と交わった人のなかには後に袂を分かつことになるが、近年、注目を集めている異才・新井奥邃（一八四六―一九二二）もいる。入信者の数を単純に比べるわけにはいかないが、プロテスタントやカトリックの宣教師に比べて、劣るどころか、凌駕する足跡を残したと中村健之介はいう。優れたドストエフスキーの研究者である中村は、ニコライの研究においても先駆的な業績を残している。彼のニコライの研究でもドストエフスキーは登場する。ニコライは、モスクワでドストエフスキーに会っているからだ。

作家が、モスクワに来ていたのはプーシキンの像の除幕式のためだった。ドストエフスキーがニコライとの接見を試みたのは、好奇心からではない。ロシア正教を携え、極東へ赴いた宣教師に、作家の最晩年の祈願を実践する者を発見したからだと中村はいう（『宣教師ニコライと明治日本』）。

ニコライを訪れた五日後の一八八〇年六月七日、ドストエフスキーは有名な「プーシキン講演」を行う。作家は当時『カラマーゾフの兄弟』を連載中で、知名度も高まっていた。作家の眼にプーシキンは人類の普遍的和解を促すロシア精神の体現者として映り、詩人の姿をした預言者として認識された。

この講演は、翌日にはもう不可知となるような、参加した者だけが経験した異様なまでの興奮と感動をもたらした。『ドストエフスキイの生活』（一九三九）で小林は、「ドストエフスキイ晩年の最大事件は「カラマーゾフの兄弟」の完成だが、少くとも当時のロシヤの人々にとって大事件と思われたものがもう一つある」といい、「プーシキン講演」にふれている。次に引く文章は小林も引いている、講演終了後に作家が妻に送った書簡の一節である。訳文は、小林秀雄による仏訳などからの重訳である。

お終いに僕が人類の世界的統一を叫んだ時、満場の聴衆は皆もうヒステリイの様であった。演説が終った時の昂奮した人々の絶叫をどう話していいか分らない。知らない聴衆同士が相抱いて啜り泣き、お互いにこれからよい人間に成ろう、人々を憎まず愛する事にしよう、と誓うのであった。席などはもう滅茶々々で、皆どっと演壇に押し寄せた。（中略）二人の老人が突然私を引き止めて言った。『我々は二十年間喧嘩していて、お互い物も言わずに来たが、今抱き合って和解したところです。我々を仲直りさせて呉れたのは貴方だ。貴方は我々の聖人です、予言者です。』すると、予言者、予言者と言う叫びが群集の中から起った。(『ドストエフスキイの生活』)

小林の引用はまだ続く。これを聞いていたツルゲーネフは、泣きながら講演者の手を握り締めた。接吻をするほかの作家がいれば、壇上にのぼり、我々が目撃したのは講演ではない、「歴史的事件」であるという者すら現れた。人々は作家の言葉に打たれただけではない。この人物の言葉に内なるロシアがよみがえるのを感じたのである。

ロシアとは、地理的条件を満たす国際的に認められた国家である前に、韃靼人という「東方の蛮族」の侵略によって、「虐げられた人々」となったとき、はじめて顕現してきた民族の魂である、そう語ったのは井筒である。

旧約聖書の時代、迫害がユダヤ人の信仰を深めたように、ロシアの民衆も三百年の抑圧のなかで、自らの救世主、自分たちの「基督」を発見していった。「自分で苦難の十字架を背負ってみて、はじめて基督の十字架の意義もわかった。自分で本当に苦しみ悩む身になった今にして、彼らは「苦しみ悩む人」基督に対する狂おしいばかりの愛が目ざめた」と井筒は『ロシア的人間』(一九五三)に書いている。

避けがたい運命と重圧のなかで生まれた「狂おしいばかりの愛」が、ほかから見れば狂信的に見えたとしても、ロシアの民衆には一切問題にならなかった。むしろ、特異な歴史を強いられた民族だからこそ、世界に向かっていうべきことを有するという民族意識が生まれるのは必定だった。友人だったチャアダーエフが旧教に改宗、『哲学書簡』を出版、民族主義の超越、普遍主義としてのカトリシズムを唱え、ロシアの世界史における価値を否定し、その苦渋に満ちた歴史も無意味だとすらいったときプーシキンは、烈しい反駁文を書いて、こういった。「しかし我々には我々独特の使命があったのだ」(『ロシア的人間』)。

講演でドストエフスキーは、自分は文芸評論家としてプーシキンを論じるのではないと何度も断っている。彼があらわに語りたかったのは、国民詩人プーシキンではない。書簡で述べているように「キリストの福音的掟にしたがって、全民族の同胞的な、そして決定的な和合と、偉大な、全人類的のハーモニーという、最終的な言葉を口にするという目的に向かって突き進むこと」(『作家の日記』小沼文彦訳)を説く霊的革命を謳う者の姿だった。

ドストエフスキーの眼にカトリシズムは、堕落したキリスト教に映った。それはプーシキンも同じだ。旧教をカトリックというように、ドストエフスキーらの信じた東方正教をオーソドックスというが、その信仰者には、それがまさに「正統《オーソドックス》」なキリストへの道だった。旧教と正教の差異も、部外者からは近似の精神運動に映るのだろうが、当事者たちには、それぞれが異端だった。

こうした状況のもとで、「プーシキン講演」が行われた。発言が、「有頂天な、大袈裟で、幻想的なものに聞こえる」ことは講演者本人にも分かっていた。だが、それでも構わない。「わたしは自分がそれを口にしたことを決して後悔はいたしません。これは当然、口にされなければならなかったことなのであります」(『作家の日記』)とドストエフスキーは語った。

講演の終盤の様子は、今日活字を読む者にもある種の興奮を惹起する力を持っている。しかし当時は、講演の様子が報じられると、当日巻き起こした感動とは裏腹に、途端に物議をかもした。小林の『ドストエフスキイの生活』によると嗚咽と共に、作家の手を握り締めてきたツルゲーネフも、あのときは、催眠術のようなドストエフスキーの言葉に幻惑されたが、自分の本心は違うと弁明を忙しくするという始末だった。

しかし、今日私たちが、この講演の記録を完全に近いかたちで読むことができるのは、こうしたドストエフスキーの発言をめぐる讃辞と批判が交錯したからだった。講演をめぐる喧騒に終止符を打つという目的で彼は『作家の日記』に全文を載せ、自ら解説している。そこでドストエフスキーは、講演の目的を次のように端的に記した。

経済的あるいは科学的な栄達において、ロシア国民とヨーロッパの諸国民を並べようとしたのではない。「ただ、ロシア人の魂は、ロシアの民衆の天才は、もしかすると、ほかのいかなる国民よりも、全人類の団結、同胞愛、敬意を含むものを赦し、似ていないものを見分けてこれを大目に見てやり、対立をなくする、冷静な見方をもつという理念を、はるかに多く内蔵することができるのかもしれないと、言っているだけなのである」(『作家の日記』)。

さらにドストエフスキーは、講演が巻き起こした感動は「演説自身の功績にはない。(僕はこの事に重点を置く)(中略)実に演説が誠実であったところにある。そして敢えて次の事を言って置く。僕の演説が短く不充分であったにもかかわらず、僕の述べた事実のある拒否し難い力にあったのだ」(小林秀雄『ドストエフスキイの生活』)という。

作家は何において誠実だったというのだろう。誠実は、人間が他者に開かれて行くときの真摯さの現れだろうが、作家がここで意味するところは違う。講演の最中、全人類の和解を説きながら、「それを口にしたことを決して後悔はいたしません」といった講演者自身は、話している主体がすでに、自分ではないことを、どこかで感じていたように思われる。ドストエフスキーに残された時間は、そう長くはなかった。半年もすると、彼はこの世を後にする。

この講演は作家の遺言として読むこともできるだろう。小林が、作家自身の言葉を引きながら描く晩年のドストエフスキーの姿は、すでに魂はその肉体を離れようとし、ある者が彼の身体を借りて語るといった趣があったことを伝えている。講演者は何も新しいことはいわなかった。ロシアが、預言者の衣をまとった作家を通じて顕現しただけだ。そういってもドストエフスキーは拒んだりはしないだろう。預言者とは、自らの思いを語るのではなく、大いなる者の口となるために生まれてくることを作家自身がよく理解していたからである。

「十九世紀末のロシアにおけるマルクス主義受容の形態を考えるとき、私はマルクスがユダヤ人であり、その父がもと熱心なユダヤ教徒であったことを憶わずにはいられない」（『ロシア的人間』）と井筒俊彦は書いている。彼は、マルクス主義を、宗教的な仮面を付けた政治思想だとは思っていない。むしろ、マルクスの革命的世界観は、「その本質的構造において著しくユダヤ的、黙示録的であって、その異常な雰囲気の中からこそレーニン主義は生れた」というのが井筒の確信だった。

マルクス主義が、数多ある政治思想の一類に過ぎないなら、キリスト教会はあれほどまでに恐れを抱く必要はなかった。宗教を否定した思想は、マルクス主義以前にもあったのである。ユダヤの伝統をひっさげ、登場したマルクスの思想は、レーニンによってロシアという得体の知れない生き物の現れに接木され、はじめて生命を帯びた。マルクスは自分の思想がロシアに飛び火し、世界を席巻するなどとは思ってもみなかった。彼は、自らの思想を受容する国民があるとしたら、アメリカかもしれないと思っていたらしいと小林秀雄は書いている（「ドストエフスキイ七十五年祭に於ける講演」）。しかし、種がまかれるべき場所は、どうしてもロシアでなくてはならなかった。寒冷地でなくては育たない植物があるように、共産主義には「メシア主義」という北国の土壌が不可欠だった。「ロシア共産主義はロシアを中心軸とする人類救済のメシア主義である」と井筒はいう。

革命とは要するに歴史の内部における「終末」であり、時間の地平に投射された黙示録的幻想である。しかし終末とは旧い秩序の終りであると同時にある全く新たな秩序の開始を意味する。それは苦難に充ちた現在の世界秩序の終末であると共に、また愛と平和の新しい秩序の誕生でなければならない。その新しい永遠の至福が、歴史の終った向う側で生起するのか、それとも未だ歴史が終らぬうちに、時間の流れの真只中に生起するのか、すなわちドストイエフスキーやメレシュコフスキーの信じたように基督の再臨と共に来るか、あるいはまた初期のコミュニスト達の信条に謳われているように、あらゆる階級的差別が全く消滅してプロレタリア独裁が完全にその任務を果し終る時に来るかということは、ここではすでに第二義的な問題にすぎない。(『ロシア的人間』)

ロシアは常に終末を希求する。それはいつも永遠の介入を待ちこがれている民衆の謂いだというのである。人々にとって終末は救済と同義だった。それが何によってもたらされるかは第一義の問題ではないというのである。井筒が見たロシアが、これほど端的に表現されている文章はほかにない。

革命以後、日本人の間でもロシアに魅せられた者は少なくない。ニコライが日本にもたらした東方キリスト教でなくても、ある者はドストエフスキーやトルストイを通じて文学の世界に、レーニンやトロツキーを通じて、その政治的世界観に、またある者はカンディンスキーやシャガールを通じて、独自な芸術的世界に魅惑された。しかし、ロシア精神の根源、井筒が見据えた「永遠のロシア」の核心にふれ得た者はどれほどいただろう。
レーニンを誕生させたのは、十九世紀に爛熟の時節を迎えたロシアの文学であると中野重治（一九〇二―一九七九）は書いている。共産主義に政治思想しか発見できない者は、ロシアの無神論の深遠を知らないと吉満義彦は語った。芸術、政治、宗教と多くの顔をして、北国に現れ出た何ものかを、一つの名で呼ぶことができる者はやはり稀有な精神に違いない。井筒俊彦はそうした少数の一人だった。ドストエフスキーはレーニンを知らないが、レーニンが革命を成功させたとしてもドストエフスキーは驚きはしないだろうと小林はいう。彼もまた、ロシアの魂に出会った者だったのである。

先に少しふれたが、「ドストエフスキイ七十五年祭に於ける講演」（一九五六、以下「講演」）と題された小林の作品がある。それは、評伝や作品論とは異なる意味で、批評家が、作家に出会った現場をかいま見ることができる貴重な講演の記録である。河上徹太郎は、この講演録に『ドストエフスキイの生活』に勝るとも劣らない評価を与えた。

この講演で小林がドストエフスキーを別にして、もっとも親しく論及しているのが他の文学者ではなく、レーニンをはじめとした、井筒のいう「初期のコミュニスト達」であることは注目してよい。なかでも小林が深い愛情をもって語るのは、チェルヌィシェフスキイである。

作家とも革命家ともいいがたい、この人物が書いた小説『何をなすべきか』（一八六三）は、ドストエフスキーを最初期に認めた批評家ベリンスキー亡き後、ロシアの急進的インテリゲンチャの「聖書」になった。ドストエフスキーはチェルヌィシェフスキイと会っている。二人は意見を同じくしていたわけではない。しかし、ある檄文をめぐる出来事があって、作家はこの人物を訪ねた。「彼〔チェルヌィシェフスキイ〕くらい優しい愉快な人物には滅多に会ったことがない」と『作家の日記』の作者は書いている。

『何をなすべきか』が「聖書となったというのは、比喩でも誇張でもない」(「講演」)と小林はいう。この作品の訳者である金子幸彦によると、作者の逮捕後に、獄中で書かれ、検閲を免れ、自由という「危険思想」を乗せて世に出た小説は、権力の想像を上回る、文字通り「事件」となった。掲載した雑誌は出版を禁止される。しかし、官権の判断は甘かった。作品はすでに多くの読者を獲得し、禁止命令後も、手書きのコピーが無数に流布した。数年後には、海外でも出版され、ロシアに逆輸入されることになる。レーニンが愛読したことはよく知られている。

当然のことだが革命後は発禁を解かれた。以後、一九七五年までに六十五版を数え、累計六百万部を発行するに至ったというから、その影響は今日も不可視な形で存続しているに違いない。井筒も、『ロシア的人間』でチェルヌィシェフスキイにふれているが、ほとんど認めていない。正面から言及したのは一度、「恋愛小説の形――しかも実に幼稚で拙劣な形――を借りた社会学の論文にすぎない」と書いているだけだ。作品の稚拙さは小林も認めている。しかし、小林は、『何をなすべきか』の作者を、文学者としては論じない。小林はこの人物に、時代とドグマから自由に咲いた、美しい精神の花、無私なる稀有な魂を見ている。

ロシア正教の司祭の家に生まれ、神学校で教育されたこの人物が「早くから体得した宗教的心情は、ソシアリズムの思想によって、新しい表現を見出し、反宗教的な形式で強化され」(「講演」)た、と小林は語った。当時のロシアで霊性を育んだのは、宗教であるより、社会主義だったというのである。真の正義をもとめようとする求道の精神は、堕落の様相を見せていた宗教にではなく、万人の平等と労働者の人格を第一義の問題に掲げた「ソシアリズム」に時代の混迷を切り拓く力が宿っていることを嗅ぎつけるのだった。救済が現成するとき、そこに起こっているのが宗教的出来事であるか、社会革命の姿をまとっているかは、「すでに第二義的な問題にすぎない」といった井筒の言葉を想い起こしてよい。井筒の目には、「実に幼稚で拙劣」に映った彼の恋愛観も、夫人との間に培われた「教会も法律も無視した献身的な愛の経験に基くものであった」(「講演」)と小林はいう。

革命が成就するまでの間、正教会と政府は、合体した一つの権力として地上と天上の両国を支配した。霊肉の双方の「法」を司る番人たちは、反旗を翻した人物を赦さなかった。救いは、自由の形姿をして現れるといった思想家は、反政府運動の主導者という冤罪を着せられ、シベリアに送還された。

流刑は、その後も極寒の地ヴィリュイスク、猛暑地ヴォルガ河口のアストラハンへと移送され、期間も二十一年に及んだ。釈放された四ヶ月後、彼は死ぬ。精神の躍動は止まることを知らなかったが、肉体は苛烈な日々に耐えられなかった。流刑の同伴者たちは、彼が文章を書き始めると、身を挺して覆い、獄舎の番人から守ったという。預言者がそうであるように聖者もまた、教会の外にも現れる。混迷の時代には、外にこそ、といってよい。「彼の生涯は、全く聖者の生涯であった」と小林は書いている。

チェルヌィシェフスキイに対しては、意見を異にした小林と井筒も、チェホフにおいては、同質の見解を持った。故国ロシアの「天上の宗教」に迷信と堕落を見た、医師でもあった文学者に、井筒は、「宗教的予言者の口調をもって、全世界と全人類の救済を約束」する姿を見、「ロシア革命の精神史上の先駆者となり、予言者となった」といった。小林は、この作家を「胸の火を遂に隠しおおせた聖者」（「講演」）と呼んだ。

『ロシア的人間』には前身となる作品がある。一九五一年、慶應義塾大学通信教育部の教科書として書かれた『露西亜文学』がそれだ。大学側は、文学史の教科書を依頼したのかも知れないが、井筒が描き出したのは、神秘と愛と祈りに生きた「ロシア的人間」の実相を追究する苛烈な記録だった。井筒にとってのロシアは、文学的、政治的といった断片的なそれではない。「魂の生死にかかわる大問題」としての「永遠のロシア」だ。そうしたロシアにおいて作家たちの生涯は、そのままロシアの歴史の直接的な反映となった。政治も宗教も経済も、民衆の歓喜も、懊悩も、悲願も皆、文学に刻まれた。

政治的ロシアが今日の世界の、世間の、話題であるとすれば、精神的ロシアもまたそれに劣らず、というよりむしろそれにもまして、世界の知識人にとって、今も昔もかわりなく、魂の生死に関わる大問題である。言い換えれば、今日、共産主義的ロシアを政治的な意味で「吾が祖国」と熱狂的に叫ぶ人々があるように、それとは全く違った次元で、ロシアに魂の故郷を感じ、それを熱烈に愛している人々があるのだ。そのような人達が深い感激の目をもって眺めるロシアは、政治的形態や、時代の流れによって千変万化する現象的なロシアではなく、そういう現象的千変万化の底にあって、常にかわることなく存続するロシア、「永遠のロシア」だ。（中略）ロシア文学そのものがそれの最も明白な左証なのではないか。私は本書において、およそこのような観点から、十九世紀ロシア文学の精神史的流れのうちに、ロシア的理念の本質的形姿を探ってみようとした。（『ロシア的人間』）

ここには誇張も過剰な表現もない。ロシア文学の先駆的批評に刻まれた精神は、そのまま『意識と本質』へ、さらにその絶筆に至るまで貫かれている。わが魂はロシアを故郷にする、という井筒にとってロシアの秘密を探究することはそのまま、魂の故郷へ向かう歴程にほかならない。『意識と本質』の主題は「東洋哲学の共時的構造化」であると井筒はいう。だが、そのことを彼のロシア的霊性の探究の軌跡とを重ねて顧みる者はけっして多くない。「永遠のロシア」の体験がそのまま、魂の事件であったことを見過ごして、後年彼がいう「東洋」を認識することはできない。これまで引いてきた文章で「ロシア」と書かれたところを「東洋」にすれば、そのまま後年の主著の序文として通用するのは偶然ではないのである。

ある座談会（「東洋哲学の今後」一九八〇）で井筒は、自身が語る「東洋」の主体的な定義にふれ、ロシアは「東洋」ではないという。深い根拠があるわけではないが、ロシアは「西洋」であるように感じると語っている。十九世紀のピョートル一世の時代、ロシアは積極的に欧州の文化を輸入し、ヨーロッパよりもヨーロッパ的だった。しかし彼が同書で描き出した文学者たちはその精神において皆「東洋」の市民だった。目に見え、手にふれることよりも、五感に訴えることのないものに、存在の基底を見ようとする人々が、井筒にとっての「東洋」の住人だった。井筒は自分が語る「東洋」は地理的、あるいは文化、言語的な領域であることに留まらない。それは一つの「理念」であると彼はいう。

井筒と小林が共に問題としているのは、特異な民のあいだで育まれ、様々な政治的支配の変遷にもかかわらず人々の心のうちにあって、いつも人々の生活を底から支える衝動、ロシア的霊性ともいうべき得体の知れない存在である。それは超越者に向かい、ときに人間の限界を超え、突破していこうとする根源的かつ力動的なそれぞれの民衆に、それぞれのかたちで生きている聖なる本能の異名である。

『ドストエフスキイの生活』の序文は「歴史について」と題されている。これまで本文から分断され、そこに盛り込まれたアフォリズムのような言葉にばかり注目され、この序文から小林の歴史観を論じる者が多かったが、それは果して作者の本意だったろうか。小林は、ロシア精神が結実したドストエフスキーの生涯に歴史が現出するのを確かめようとした。この作家が、神々の声を代弁する者として歴史を背負い登場したという事実だけが小林の関心事だったのではなかったか。歴史とは過去の総称ではない。今によみがえる「永遠の現在」の異名である。

先に見たように江藤淳は『ロシア的人間』を高く評価していた。彼の働きかけで、この本が再出版されたとき、井筒は後記に次のように書いた。「十九世紀のロシア文学の諸作品はどんな専門的哲学書にもできないような形で、私に生きた哲学を、というより哲学を生きるとはどんなことかということを教えた。今となってみれば、ただそれだけのことだった。だが、それだけでいいのだ」。奇妙に聞こえるかもしれないが、ロシア文学論を書くことで井筒は、哲学者としての生涯を始めることになったのである。

『ロシア的人間』を書き上げた後、井筒は、翻訳することが不可能であるだけでなく、厳密な意味においては、その教えに反する、『コーラン』の翻訳に着手する。

六　リルケの問題

十ヶ月にわたるヨーロッパ体験が礎になった小林秀雄の『近代絵画』（一九五八）は、画家論であるにもかかわらず、彼の青春に決定的な影響を与えた詩人ボードレール論から始められ、モネ、セザンヌ、ゴッホと進み、ピカソで終わる。それまでは詩人たちの魂に宿っていた詩情は、十九世紀のある時を境に、熾烈な勢いで絵画の世界に流れ込んだというのだろう。

ヨーロッパでは、毎日のように絵を見て過ごした、と自身がいうから、その通りなのだろう。わざわざこんなことを書くのは、小林の場合、見るという行為がすでに常人の想像を超えているからだ。

兵庫県宝塚市の清荒神清澄寺で、早朝から坐り通して、鉄斎の絵を四日連続で、食を忘れるほど見たという話がある。このとき小林は、最晩年の鉄斎が描いた富士の屏風を前に三時間ほとんど動かず見続けた。骨董を古美術と呼んで、その魔力を封じようとしても空しいと小林がいうように彼の美の経験は美術鑑賞という言葉とはまったく縁がない。鉄斎の作品を眼前に坐り続ける彼の姿は、禅堂で接心に臨む一介の雲水を思わせる。

美もまた「一者」へと通じる道であるとプロティノスが考え、この哲学者の言葉に井筒が、古代ギリシア哲学の完成者の証を見たのはすでにふれた。同質の精神は『近代絵画』にも流れている。『近代絵画』に、なかでもセザンヌ論に触発されて、中村光夫は小林秀雄論を書いた。そこで中村は小林を「美のミスチック」だという。


セザンヌは神を信じない者に画が描けるかと云ったそうですが、氏はちょうどミスチックが神の存在を感じるように、彼等の人間劇を実感しています。氏は現代で稀に見る美のミスチックです。（「小林秀雄論」『《論考》小林秀雄』）

この中村の作品は、今日までほとんど真剣に読まれてこなかったように思われる。確かな読者を得ていれば、中村光夫の評価も今日とは大きく異なる様相を呈していたに違いないからだ。中村を神秘家であるという論者を寡聞にして知らない。だが、他者に神秘家の精神を見出せるのはやはり、神秘家だけである。

さらに中村は、「小林秀雄論」の冒頭にこう書いている。「小林秀雄氏の『近代絵画』をよみました。自信にあふれた孤独の書ですが、その美しさには或る悲しみが漂っているようです」。小林秀雄の文学とは畢竟、美と悲しみの折り重なるところに生まれた詩学だというのである。

重要な指摘をはらんでいるにもかかわらず、読者が中村光夫の小林秀雄論から目をそらしたのは、『志賀直哉論』(一九五四)をはじめ谷崎潤一郎、佐藤春夫と次々に「文学の神様」たちに噛み付き、『風俗小説論』では同時代の文学潮流に棹差し、丹羽文雄、広津和郎と飽かずに繰り広げた論争家《ポレミック》としての印象のためなのかもしれない。

しかし、『志賀直哉論』を書く中村光夫は、現代における祈りの喪失を論じているといった人物がいる。越知保夫である。中村をめぐって越知は、「彼〔中村〕の真意は、祈りの喪失という消極的な契機を積極的な契機に転じたいというところにあるのだと察せられる」(「小林秀雄論」)と述べる。中村は、祈りとは何かを知っている現代で稀有な書き手の一人だと越知は考えている。失われつつあるものの存在に気がつくには、それが何であるかを知らねばならないからだ。

生前に越知は、友人でもあった中村光夫論を準備していると周囲にもらしていた。その企図は実現されなかったが、もし書かれていれば、既成の中村光夫像を大きく覆す内容を宿したものになっていただろう。先の一節のあとに越知は、こう続けた。


この問題をもう少し考えて見ると、祈りとは、別の言葉で言えば一すじの道を指す。リルケの考えているセザンヌはこういう一すじの道を歩みつめた聖者であり、小林の考えている自己の仕事の苦しみに耐えている人もそういう人達である。そういう人達はいつ、どこにでもいる筈なのだ、人間生活というものはこういう人々の忍苦によって支えられているのだ、と小林は考えているのである。彼はそういう人達から眼を離すまい、否そういう人達しか見まい、彼等の心を心としてそこに自己の良心をおこうと決意しているようだ。ところが、中村にとっては、現代人にはそういう道は失われているのだ。

祈りとは道である、と越知はいう。祈りとは短い時間で行われる営為ではなく、それぞれの生涯のある時期を賭して行わなければならない何かであると越知は感じている。それは中村も同じだったろう。

ある作品で中村は、「人生の大事を決定するのは賭けと祈りの熱情」(『百年を単位として』)だといった。中村にとって祈りは、願いの対極にあるものなのかもしれない。願いは神に自分の希望を伝えることかもしれないが、祈るとは心を空にして、そこに超越の声を響かせることである。そうした無私の営為を中村は、祈りというのだろう。臨終の際、中村は洗礼を受け、聖フランシスコの弟子であるパドヴァの聖アントニオの霊名と共に逝った。

一すじの道、祈りの道というものは美しいかも知れない。しかしそういう道を信じていられる人は幸な人というべきであろう。何故なら現代はそういう道を奪われた人々にみちているのだから。いかに多くの人々が己れ自身の軌道から投げ出され、思いがけない境遇で思いがけない暮し方を強いられていることか。こういう人に一すじの道という思想がどんなに残酷な意味をもつか。中村の思想はこういう現代の考え方を代表しているとも見られるのである。小林自身このことを知らないではない。それを知りつつ、彼自身の世界を、「思想と感情の誘惑に抗して」守りぬかねばならぬところに彼の大きな苦しみがある。(越知保夫「小林秀雄論」)

祈りの道を歩くことは、それだけでも十分に険しい営みだが、そこには荘厳な美が随伴している。世にいう美醜を超えた、柳宗悦がいう「不二の美」を生きることなのかもしれない。しかし、中村の眼に現代は、その道自体が失われているように映った。中村は、小林の道行きを否定しているのではない。小林を高く評価することにおいて中村ほど態度を変えなかった人はいるだろうか。むしろ彼は、誰よりも小林の姿を注意深く見ている。中村は、小林が進んだ道程が、私たちの眼にどれほど魅力的に映ったとしても、それはけっして広く万人に開かれているわけではないことを指摘しただけだ。祈りは消え去ったのではない。ただ現代人の眼には隠れている。それが越知の、また、中村の偽らざる実感だった。

祈りは必ずしも教会で行われるとは限らない。画家が、どこからかやってくる創造の促しを待つ、という営みにおいてもそれは実現される。創造の契機、セザンヌはそれをモチーフと呼んだ。セザンヌにとってモチーフとは、自らが作り出すものではなく、既に充足している何ものかだった。画家はそれを発見し、ありのままに描き出そうとする。『近代絵画』で小林は、モチーフをめぐるセザンヌの逸話を静かな、しかし熱い思いを込めた文章によって伝えている。あるときセザンヌは、のちにこの画家の生涯の記録を書くことになるジャキム・ギャスケに、モチーフとは「つまり、これだ」といって、両手を握り合わせてみせたというのである。

セザンヌは「両手を離し、両方の指を拡げて見せ、又、これを、静かに、静かに近附けて、握り合わせ、一本一本の指を、しっかり組み合わせた」。上下にわずかでも動かしただけでも秩序は崩れ、モチーフは去って行く。つながれたところは緩み、小さな隙間ができるだけで、「感動も、光も、真理も逃げて了う」。少しでも気が散漫になり、思いが揺らいだり、描き過ぎたり、足りなかったりする。今日は、昨日とは反対の理論に引きずられたりすることもある。「要するに私というものが干渉すると、凡ては台無しになって了う。何故だろう」と画家は語った。セザンヌは答えを求めているのではない。大きな疑問の前に立つ、自分の現況を吐露しているだけだ。だが、ここにかけがえのない画家の実践の歴史が生きている。絵を画く者に求められているのは答えではない。真摯な応えだけだというのだろう。

祈るときに手を合わせる営みにはどこか説明を拒絶するところがある。だがその一方で、画家の言葉はそこに言語の表現を超えた必然があることを教える。心のなかで手を合わせるという日本人には親しい表現も、静物とサント・ヴィクトワール山を描き続けた、モチーフにおいてはほとんど、東洋の世界に生きたといってよいこの画家には深く了解されたに違いない。セザンヌは、モチーフは手でつかむのではない。心でつかむのだといってもよかったのである。

「私達の見るものは、皆ちりぢりになる。消えて行く。そうではないか。自然は常に同じだ。併し、何一つ残りはしない、（中略）外観とともに持続している。その持続を輝やかすこと、これがわれわれの芸だ。人々に、自然を永遠に味わせなければならぬ」、とセザンヌはいう。ここにこの画家の認識論を見てはならない。聴くべきは不動の告白である。セザンヌに限るまい。外観から世界を傍観するだけの者の眼には世界は何も語らない。しかし、存在の無音の声に導かれて、内心の真実を告白する者に世界は、目に見えない扉をゆっくりと開く。セザンヌの描いた光景はそこにあった。過去の話ではない。それは今も、そこにある。

セザンヌ論で小林が、この画家に勝るとも劣らない熱情をもって語ったのがリルケだった。小林が本格的にリルケを論じたのはこの作品が最初である。講演「私の人生観」でもふれてはいるが、セザンヌ論のようには論じられていない。先にいったように小林とリルケの間には看過することのできない共振がある、といち早くその関係に論及したのは越知保夫だった。越知は小林がリルケを本格的に論じる前にそう指摘したのだった。

ある時期リルケは、ロダンの秘書を務めていた。だが、リルケとロダンの関係は、彼がロダンをマイスターと呼んでいるように彫刻と詩という形式に差異はあっても、美の使徒であることにおいて師匠と徒弟の関係に近かった。リルケはロダンの作品と共に、彼の一挙手一投足に注目している。作品もさることながら、寸暇を惜しんで仕事に没入する彫刻家の人生の態度から大きな教訓を学ぼうとしている。ロダンの手、視線、風を感じる感覚まで、リルケには一つの出来事だった。リルケは『ロダン』（一九〇三）を書いたあと、パリへ行き、セザンヌの作品に出会う。詩人はその感動を妻クララに書き送った。手紙の内容は次第にロダンからセザンヌへとテーマが移り、セザンヌ論の計画が語られる。

妻に送られた、リルケのセザンヌをめぐる一群の便りは後に「セザンヌ書簡」と呼ばれ、独立した一つの作品のように読まれることになる。リルケにとって作品を書くとは、彼自身が『ドゥイノの悲歌』で謳ったように、天使と死者からコトバを委託されることだった。別な言い方をすればリルケは委託されるまで作品のためにペンを持つことができない。

事実、彼は『ドゥイノの悲歌』の完成に十余年の歳月を費やさなくてはならなかった。この詩集だけではない。こうしたことは彼が、自らが詩人であることを自覚したときから変わらない。彼は、作品を書かないときには手紙を書いた。詩を書くときと同質の情熱と使命感をもって、である。

小説や詩に書き得なかったことをリルケは、すべて手紙に書いた。妻や親しい人に向かってだけではない。まったく面識がなくても誠実な手紙が送られてくれば、リルケはそれに応じた。それは彼が自らに課した不文律の義務だった。

そうしたなかでもセザンヌを語りながら、妻へ送った便りには、彼の審美の眼がもっとも率直に、そしていつもに増して鋭く光っている。リルケは、初めて手紙を送る人に向けて書くときのような文面で、自分がどんな人物であるかを紹介する必要はなかった。ただ、感じていることに忠実であればよかったのである。そのなかに次のような書簡がある。

来るべき発展を信じ難いほど予見しながら描きあげた画家フレンホーフェル（「知られざる傑作」中の人物）の話が出たとき、――つまり、本来は輪郭というものは存在しないで、ただただ波動する漸濃淡《ぼかし》があるだけだという発見によって、画家は実現不可能な課題に直面して破滅することになるのだが、この話になったとき、老セザンヌは食事の最中だったが、テーブルから立ちあがった。（中略）声はたてないものの、興奮のあまり、セザンヌは繰り返し繰り返し自分の指ではっきり自分を指差し、幾度も自分を指差していた。（リルケ「クララ・リルケ宛書簡　一九〇七年十月九日」塚越敏訳）

百余年の歳月を経て読んでもなお、セザンヌの生々しい姿が髣髴とする。小説中の人物はまさに自分だと、セザンヌが、自らを指差したという逸話のあとに、リルケは画家の境涯を思い、こう続けている。「それは耐え難い苦しみであったのかも知れない」。ここで語られている苦しみとは小説中に自身の本性と共に、自らの宿命を見なくてはならなかったセザンヌのそれか、あるいはこの画家の境涯を前に、リルケは自らの胸中を語ったのだろうか。

バルザック（一七九九—一八五〇）とセザンヌ（一八三九—一九〇六）には四十年の年齢差がある。バルザックが亡くなったとき、セザンヌは十一歳だった。セザンヌが「知られざる傑作」（一八三一）を読んだときの衝撃を想像してみる。自分が生まれる前に書かれた小説に、自分が感じている以上に自分らしい姿をした画家が描き出されていたのである。

驚きは想像に余る。また、バルザックには独自の小説観があって、彼にとって作品中の登場人物は、この世には存在しないが、彼方の世界には確かに現存し、ときに人間界に介入せんばかりに接近する者として認識されていた。リルケとセザンヌは存在をめぐる共感において容易に結びつく。バルザックは一見、無関係に見える。しかし、彼も例外ではない。異界の旅人ともいうべき神秘哲学者スウェーデンボルグから小さくない影響を受けた作家だった。バルザックは計測可能な時間の世界とは別な、けっして過ぎゆくことのない「時」の境域とも呼ぶべき世界を感じていた。

輪郭は存在しない、ただ、「波動する漸濃淡《ぼかし》があるだけだ」と語った作中の画家が暮らすのもそこである。エリアーデも、宗教的人間にとって時間は可逆的だといった。エリアーデの定義に従えば、バルザックもセザンヌもリルケもまた、その列に連なる者にほかならない。

先に見たリルケの手紙を、小林の「偶像崇拝」にある、次の一節に重ね合わせてみたい。この作品は折口信夫の「山越え阿弥陀如来図」から書き始められ、後半になると問題はピカソの絵に及び、井筒のいう「本質論」の様相を帯びてくる。ある展覧会で小林は、ピカソが描いたコップの絵の前に佇んで、「容易に動けなかった」と述べたあと、こう続ける。

ピカソのコップは、セザンヌのコップと全く同じコップである。絵を見る楽しみとは、違ったヴィジョンを通じて、同じ物へ導かれるその楽しみではあるまいか。画家は、物理学者の様に物体の等価を認めている。最近の物理学者が、物の外形を破壊して得る物の夢の様な内部構造も、物の不滅の外形にまつわる画家のヴィジョンの一様式に過ぎないのではないか。

(「偶像崇拝」)

ここで小林が「不滅の外形」と呼ぶのは、リルケが「波動する漸濃淡《ぼかし》」と書いたものと同義だろう。イブン・アラビーはそれに「永遠の範型」という名を与えた。それは五感に感応しないが実在する。むしろ、それが現象の奥にある存在の姿である。「永遠の範型」とは超越者が万物の現象的な顕現の在り方を決定する働きである。超越者は自らに「内在する規定に従って次第に自己を分節し、ついに多者の世界に多者の姿で顕現するに至る。彼にとってはこれが新プラトン主義的「流出」(fayḍ) の真の意味である」(『イスラーム思想史』)と井筒は書いている。「永遠の範型」は、永遠の元型と書いてもよい。禅者ならそれは空である、といっただろう。それは無形にして永遠に有を生み出す働きにほかならない。

「流出」は、ローマ時代の哲学者プロティノスと新プラトン主義思想におけるもっとも重要な鍵言語である。世界は、一者と呼ぶべき超越者から存在を分有されることによって存在する。今も万物を生み続けている働きをプロティノスは「流出」と呼んだ。

六百余年の時間の差異を超え、プロティノス（二〇五頃―二七〇頃）が師としたプラトン（前四二七頃―前三四七）は、知ることはすべて想い出すことだと語った。知るとは、記憶の源泉、あるいは存在の淵源を想い起こすことだというのである。それをプラトンは「想起」といった。「想起」とは、人間が、「流出」の故郷を深く懐かしむ経験の呼称でもある。当然ながら、彼らにとって創造とは絶対者のみがなし得ることで、人間に託されているのは何かを発見することだけであると考えられた。それは井筒の哲学の根底を流れている確信でもあった。『神秘哲学』の初版で井筒は、自分は、「その世界観に於て純然たる一のギリシア主義者でありプラトニストである」と書いている。

輪郭は存在しない。「波動する漸濃淡《ぼかし》があるだけだ」といった「知られざる傑作」の主人公の発見は、セザンヌの確信であるだけでなく、そのままリルケの信条となる。さらにそれは井筒俊彦の哲学における根本問題になってゆく。

『意識と本質』で井筒は、リルケの思惟に寄り添いながら、表層言語の彼方、実存的経験に裏打ちされた詩的言語、彼のいう深層言語が湧出するところに近づこうとする。井筒が凝視するのはリルケが書いた詩の美しい調べではない。むしろ、この詩人から終生消えることのなかった「名状し難い焦燥感」だった。自分の詩は、天使と死者の委託を十分に語り得ていないのではないか、という疑念はリルケの念頭を離れることはなかったのである。

同質なことは、禅の現場でも起こる。禅とは、言葉で語り得ない存在の秘義を全身全霊で体得する営みであると共に、それを極限まで素朴な言葉で語ろうとする霊性の伝統でもある。禅の世界で日々惹起している事象は、リルケのような詩人の魂の日常と深く響きあうというのである。


つまり、我々がさきに見た禅の「転語」、すなわち根源語の生起の場合と構造的に類似した事態がここにも起る。しかも、使われるコトバは日常的言語と、表面的にはまったく同じコトバ。そこに禅者ないし詩人の言い知れぬ苦悩がある。リルケのような詩人に一種の名状し難い焦燥感があるのはそのためだ。深層体験を表層言語によって表現するというこの悩みは、表層言語を内的に変質させることによってしか解消されない。ここに異様な実存的緊張に充ちた詩的言語、一種の高次言語が誕生する。（『意識と本質』）

詩的言語の発生を考えることはそのまま「根源語」の実相に接近することになる。人は、根源語を直接明示することはできない。ただ、それに、もっとも高次の意味で否定的に近づくことはできる。

美ならざるもの、との一語を耳にしたとき、人は、何かおぞましいものを想うことがある。だが、その一方で禁止されたがゆえにかえって、内なる美が輝き出るのを経験することもあるだろう。一見すると前者は美と無関係なもののように感じられる。しかし、美ならざるものを感じ得るのは、私たちが内なる、真に美と呼ぶべき何ものかを宿しているからなのである。

光がなければ闇がないように、美がなければ醜はない。善悪の彼岸、美醜の彼方、真偽の向こうに私たちを導くコトバ、それを井筒は「詩的言語」と呼ぶ。むしろ、詩的言語を宿し得た者のみが詩人と称されるにふさわしいといった方がよいのかも知れない。

今、ここに咲く一輪の花にこそ、「存在」に直結する道があるという確信は、リルケの動かない信念となる。だからこそこの詩人は、セザンヌがボードレールの『悪の華』にある詩「腐肉」を晩年に至ってもなお、一言ももらさず暗誦することができたという事実に深く打たれるのである。

「腐肉」は、詩人が路上に放置された獣の死骸に、存在の神秘を目撃した様を活写し、恋人に向かって歌った詩篇。死骸は、蛆虫がわき、腐れ行く。詩人は醜悪なる「物体」にも存在の光輝がきらめいているのを見逃さない。

画家の悲願が、「本質」の覆いの奥にある「存在」の相にふれることであるならば、目に映る本質における美醜によって受容の是非を決めることは許されない。モチーフはどんな姿をして画家の前に訪れるか分からない。「一つでも拒めば、彼は芸術家ではなく、恩寵を失ったただの罪人に過ぎなくなる」（「小林秀雄論」）と越知保夫は書いている。

さらに越知は、リルケの「『物』への絶対的忠誠」や「物への畏敬」という言葉に小林との接点を見出そうとする。リルケにとって「物」は何も語らない分、存在の秘義をはっきりと顕現させるものだった。人が「物」に近づいてゆくことが彼の考える聖化であり、聖者とは、ほとんど「物」と化した人間だった。「物」はけっして宿命を拒むことがない。『ドゥイノの悲歌』でリルケは、次のように沈黙のうちに世界と響き合う聖者の姿を謳い上げる。

声がする、声が。聴け、わが心よ、かつてただ聖者たちだけが
聴いたような聴きかたで。巨大な呼び声が
聖者らを地からもたげた。けれど聖者らは、
おお、可能を超えた人たちよ、ひたすらにひざまずきつづけ、それに気づきはしなかった。
それほどにかれらは聴き入るひとであったのだ。おまえも神の召す声に
堪えられようというのではない、いやけっして。しかし、風に似て吹きわたりくる声を聴け、
静寂《せいじゃく》からつくられる絶ゆることないあの音信《おとずれ》を。
あれこそあの若い死者たちから来るおまえへの呼びかけだ。（手塚富雄訳）

『近代絵画』のセザンヌ論で小林はリルケを語り、この詩人の独断がいかに過ちを含んでいたとしても、そこに彼の「隠し持っている力」があるのだから一向に問題ないと語った。それは批評を書く小林自身の根本態度でもあったろう。セザンヌの画風とは、彼の無私なる独断だともいえ

る。批評家が描き出そうとしたのは、画家の境涯ではない。セザンヌという対象が消え、自然と向きあう一人の人間の姿だけが残るその光景だ。その先にある一つの光に照らされた風景だった。

リルケはリルケらしい言い方で、それを言っている。「私はこれを愛する」と言っている様な絵を画家は皆描きたがるが、セザンヌの絵は「此処にこれが在る」と言っているだけだ、と言う。セザンヌは、人間など誰一人愛さなくなって了ったかも知れないのである。愛を失ったからではない。愛を示したくなくなったのだ。愛は判断ではないと悟ったからだ。彼は自然に向って愛すると言う。名前もない、口も利かない自然は、セザンヌの愛を深く呑み込んで了う。

セザンヌは、彼の「モチフ」の裡で、絵筆を動かす。「自分というものが干渉すると、みんな台無しになる、何故だろう」と彼は訝る。

小林はリルケについてあまり多くを語らないが、リルケが「物」を通じて体験したものをすべて理解しただろうと越知保夫はいう。本質探究の軌跡は、そのまま、その人の祈りとなり、「愛」の表現となる。「人間を愛するためには人間から遠ざからなければならぬ。否、人間を愛することを断念しなければならぬ。人間に注ぐべきものを人間ではないものの方へむけねばならぬ」（「小林秀雄論」）。越知保夫の言葉だが、それがセザンヌ、リルケ、あるいは小林秀雄から発せられたとしても不思議に思うに及ばない。越知にとって小林は、リルケ同様「一つ一つの物に秘められた存在の謎」をあくなきまでに探究する者だった。

だが、『近代絵画』は、同時代の読者に讃辞と共に受け容れられたともいえない。ある者は、この作品にふれ、小林が見た言葉のなかには「変〔偏〕屈な一老人セザンヌはいたが、サント・ヴィクトアル山の作者セザンヌはいはしなかった」といい、ボードレール論で音楽の影響を論じ、「リルケのセザンヌ書簡を不正確に援用」するなど、さまざまなことを論じてはいるが「当然獲物は捉ら」えることはないと言い放った（日野啓三『存在の芸術』）。中村と越知はむしろ例外だったのである。

もちろん、越知は『意識と本質』を知らない。井筒による訳書は読んでも、おそらく『アラビア思想史』、『神秘哲学』は読んでいない。しかし、越知の眼は小林と井筒が重なり合うところから離れない。越知は、日本古典文学を論じた作品で芭蕉の句を引き、すべての存在者は「存在」の「恩寵」によって存在することを論じている。越知にとって芭蕉は詩人であると共に詩人の姿をして登場した日本屈指の形而上学者だった。同質の認識を得て、それを苛烈なまでに掘り下げたのが井筒だった。

リルケの境涯に寄り添うように詩人における言葉と世界認識の関係を論じながら井筒はさらに、この詩人の世界に芭蕉を重ね合わせる。単に比較するのではなく、ときに交差させる。リルケは、あらゆる概念的想定を廃しつつ、眼前の個物に存在の秘密を見極めようとする神秘詩人、彼の眼には個の「本質」のみが現実だった。一方芭蕉は、透徹した普遍的「本質」の探究者。個の事象を扉にしながら普遍へと通路をいつも模索する。不易流行と芭蕉はいった。不易は不変、流行は変化を意味するとされているが、それでは、表面をなぞっているに過ぎない。存在の秘義を明らかにする道を究めようとする「情熱のはげしさにおいて、芭蕉はいささかもリルケに劣らなかった」(『意識と本質』)と井筒は書いている。

『意識と本質』における「本質」は、存在の表象である。イブン・アラビーのいう「存在」が存在者として自己開示するとき、「本質」が賦与される。芭蕉は、普遍的本質を「不易」といい、個体的本質を「流行」といった。不易と流行は不可分な存在の実相でありながら、それが人間の前に自己展開するとき、二者はまったく違った姿を現す。

ギリシア哲学の伝統を引きうけ、本質の実相を存在論の中枢に据え、最初に深化させたのはヨーロッパの哲学者ではなく、イスラームの哲学者たちだった。その哲学の伝統に連なる者で、不易と流行という存在者の二つの「本質」の「区別を知らない人、あるいは術語的に正しく使ってものを考えることのできないような人は始めから哲学者の数に入らない」と井筒はいう。皮肉ではない。彼は、近代ヨーロッパに生まれた現象学が、イスラーム哲学のように躍動しても、堅固な体系を持つことなく今日を迎えている現状を踏まえつつ、そう書いたのである。

イスラーム哲学では「本質」を二つの働きにおいて見る。あるいは峻別する。

ここに一本の薔薇がある。この薔薇は、今、ここにある唯一無二の薔薇であると同時に、これまで無数に咲いてきた、またこれからも咲くであろう普遍的存在としての「薔薇」でもある。

このただ一つの薔薇と、一般的／普遍的な意味における「薔薇」という二つの「本質」が眼前の薔薇には宿っている。世にあるすべての薔薇を、薔薇たらしめているこの普遍的な本質をイスラーム哲学では「マーヒーヤ」という。

一方、眼前に咲く一本の赤い薔薇、このまったく代替を知らない、その花を個体的にあらしめる本質を「フウィーヤ」という。

外国語では分かりにくいかも知れないが、日本語にも二つの「本質」があることを窺わせる言葉がある。それが「事理」である。ものごとが明確であることを事理明白という。ここでの「事」は、個体として現象する一本の薔薇。そして「理」は普遍的な理法であるマーヒーヤであると考えてよい。

リルケは薔薇を愛した。井筒が描き出すリルケは、フウィーヤ、すなわち個別・個体的本質の透徹した探究者だ。リルケにとって薔薇は常に個体的本質（フウィーヤ）として、「その時その場ただ一回かぎりの個的な事象」として現前した。リルケにとっては、芭蕉のいう不易、すなわち普遍的本質は、概念上の仮説にすぎない。流行を直視することをリルケは詩人の使命であると信じた。

だがリルケは、人間がいかに表層意識を働かせようとも、フウィーヤの現成に遭遇し得ないことを熟知していた。井筒は、リルケが書簡のなかで語る「意識のピラミッド」という独自の思想にふれ、それが現代の心理学のいう無意識界の出来事を超える、「無」意識の現実であることに注目している。さらに井筒の言葉でいえば、リルケにとって詩作とは「言語アラヤ識」における、意味誕生の現場に立ち会うことだったというのである。

詩人リルケがフウィーヤの人だったのに対し、井筒は、芭蕉にマーヒーヤとフウィーヤの統合的経験者の極を見る。それは俳聖が、神秘詩人よりも優れていたということを意味しない。問われているのは方法論の是非ではない。いかに透徹した道行きだったか、それだけが問題なのである。

普遍的なものと、個体的なものとが、一体どうやって一つの具体的存在者の現前において結び付くのであろうか。概念的普遍者ではなく実在的普遍者としての「本質」が、いかにして実在する個体の個体的「本質」でもありえるのか。言いかえれば、「不易」がいかにして「流行」しえるのか。（『意識と本質』）

井筒のこの問いに対し、普遍的、個別的の類を問わず、「本質」の姿を明らめるには、眼前の存在者への情愛を欠くことは出来ない、小林ならそういっただろう。情愛というのは大げさな表現ではない。芭蕉は、普遍的本質を「本情」といい、本居宣長はそれを「情《こころ》」といった。願望と祈願が違うように、ここで井筒がいう情念は、私たちが日ごろ経験している心情の形姿、執着とは異なる営みである。

個別的本質への情熱において小林もまた、リルケに「いささかも劣るところはなかった」。しかし歳月を経るごとに小林は、少しずつリルケの世界から出て、芭蕉の道へと進んでいったのだった。その先で小林は、改めて本居宣長と出会うのである。

七　ベルクソンと『嘔吐』

『感想』の連載期間は一九五八年から五年余りに及んだが、未完に終わり、作者はのちにそれを封印、出版を禁じる。題名からも推しはかることができるように、この作品はベルクソン論を意図され書き始められたのではない。雑誌社から求められて「はっきりした当てもなく、感想文を始めたのだが、話がベルグソンの哲学を説くに及ぼうとは、自分でも予期しなかったところであった」と小林は書いている。この言葉通り、彼が連載の初回で語り始めたのはベルクソンにまつわることではなく、「ランボオの問題」で、リヴィエールの前に沈黙した出来事を、十六年後にしてようやく彼自身の口から直接、聞くことになるのだった。

一九四六（昭和二一）年五月二十七日、小林の母精子は六十六歳で亡くなった。その数日後のことだった。仏に供える蠟燭《ろうそく》が切れたので買いに出かけた小林は、その道すがら、それまで見たことのないような、巨大な「蛍」を見る。「おっかさんは、今は蛍になっている」、そう思ったと小林はいう。出来事は、疑いを挟む余地のない、絶対的経験だったようで、あらゆる反省は無意味だと思われた。より正確に表現すると「おっかさんという蛍が飛んでいた」となるとも書いている。

　これも今ではよく知られた話だが、酔っ払った彼が、東京・水道橋駅のホームから転落して、急死に一生を得た話が語られる。その駅をよく使っているが、一建家の屋上ほどの高さはある。酔って落ちれば命はないだろう。事実、その前週に同じように転落した者は即死だったと、小林も伝えている。だがこの出来事をめぐる本人の実感はそうしたところにはなく、このときも、「母親が助けてくれた事がはっきりした」だけだったという。

　こうした話が読者からどう受け止められるかを小林も考えないわけではない。だが、この「事件」がなければ死者論であり他界論でもある「ランボオの問題」はけっして書かれることはなかっただろう。彼は単にランボーをめぐる批評だけを書きたかっただけではない。自身がいう「或る童話的経験」の真実を明らめたかったのである。

　ここでの「童話」とは、大人が子供に読み聞かせをするものを指すのではない。宮澤賢治は『注文の多い料理店』の「新刊案内」に自身の書く童話をめぐってこう書いた。「これは正しいものの種子《しゅし》を有《ゆう》し、その美《うつく》しい発芽《はつが》を待《ま》つものである。しかもけっして既成《きせい》の疲《つか》れた宗教《しゅうきょう》や、道徳《どうとく》の残滓《ざんし》を、色あせた仮面《かめん》によって純真《じゅんしん》な心意《しんい》の所有者《しょゆうしゃ》たちに欺《あざむ》き与《あた》えんとするものではない」。それは知識で埋め尽くされた意識では感じることが難しくなった世界の深みに潜む物語を意味する。小林は自らがいう童話を記す心境を次のように書いた。

あの経験が私に対して過ぎ去って再び還らないのなら、私の一生という私の経験の総和は何に対して過ぎ去るのだろうとでも言っている声の様であった。併し、今も尚、それから逃れているとは思わない。それは、以後、私が書いたものの、少くとも努力して書いた凡てのものの、私が露《あらわ》には扱う力のなかった真のテーマと言ってもよい。(『感想』)

言葉のまま受け入れることに、何の躊躇がいるだろう。あるときから自分の文学は死者論を中核に据えて書かれてきたというのである。この一文でふれられている通り、戦時中小林は、「西行」「実朝」を書き、戦後に発表された「モオツァルト」もすでに書き始められていた。「無常という事」にあるように小林は、あるとき川端康成に、この世の人間とは、人間になりつつある動物であるに過ぎない、人は死を経ることによってはじめて真の意味における人間になるのかもしれない、とまでいった。

ホームから落ちたあと、医者のすすめで湯治をしている間に小林は、ベルクソンの最後の主著『道徳と宗教の二源泉』を「ゆっくり」読んだ。「以前に読んだ時とは、全く違った風に」読んだ。この著作はベルクソンの神秘家論だということもできる。小林は、ベルクソンが常に科学的厳密さを失わない精神に、神秘家の証を見ている。科学は論理による創造への接近、哲学が真理への道程であるなら、それは科学を包含しなくてはならない。それはベルクソンにとっては、信条以上のものだった。神秘と科学を敵対させることで安楽を覚える者に、この哲学者の真実は顕わになることはないというのである。

神秘と科学を多層的に捉える認識をベルクソンは「哲学的直観」と呼んだ。ベルクソンは生前から直観の哲学者だといわれていた。だが、ベルクソンとベルクソニスムがけっして交わることがないように、秘められたところを知らず、「直観」の一語を無反省に繰り返したところで、世界は実在への扉を開きはしない。ベルクソニスムというドグマの信奉者たちは、「直観という利器を携えて、一様に汎神論への道を進む」。ベルクソンが、「はっきりと拒絶したのは、そういう傾向であった」と小林はいう。はっきりと拒絶したのは、小林も同じだろう。むしろ、直観という表現を用いることにベルクソンが極めて慎重だったことに、小林は注目している。

「砂糖水が作りたいと思ったとする。その場合、私が何をしようと、砂糖が水に溶けるまで待たねばならぬ。このささやかな事実が、大きな教訓だ」。『感想』で小林も引用している、ベルクソンの『創造的進化』にある一節である。ここに時間論の表象だけを見てはならない。そうした列に並んでもこの哲学者の問いに参与していることにはならない。踏み止まるべきは、「私が何をしようと」という一節だ。

人間の計らいが終わるところで、何者かが語り始める現場を目撃すること、それがベルクソンのいう「直観」にほかならない。哲学的直観は接触、哲学は躍動であるとベルクソンはいった。

注意しよう。逆ではない。小林が哲学者から引き継いだ最大の遺産は、世界に「接触」する業《わざ》だった。

また小林は、ベルクソンの文章は、彼自身の「視覚《ヴィジョン》の鏡」にほかならないとも書いている。文章に至らずとも、批評家の慧眼は、哲学者が用いる「接触」という言葉一つにも、秘義への道を発見する。物質に「接触」する、とベルクソンがいう。それは単に、対象との間にある、距離の短縮をいうのではない。「存在」に同時にふれることだ。『道徳と宗教の二源泉』で、彼が論じたキリスト教神秘主義の伝統では、それを「合一」という。ベルクソンの思想は、現象を解明するという方向にではなく、普遍という原理に出会う方向に進んだと小林は述べ、こう続ける。

　ここまで来れば、ベルグソンが、見るという事に附した二重の意味は、もはや明らかであろう。かつて神学者は、ヴィジョン（vision）という言葉を見神《けんしん》という意味に使ったが、現代の科学が、同じ言葉を視覚という意味に限定してみても、この言葉の持っている古風な響きを抹殺し得ない。生きた言葉は、現実に根を下しているからである。（『感想』）

物を、物として見る目は、同時に、神を見ることができる、現実は、そうした実相をいつも人間に開示している、自分はそれを信じる、とベルクソンはいうのである。そう感じたのは小林秀雄だったのか。ここでの「見る」とは、目に見えるものを通じて、不可視なものにふれることにほかならない。この意味において詩人は——あるいは真に文学者と呼ぶべき者たちは——見者でなくてはならないというランボーの指摘は正鵠を射ている。

砂糖が水に溶ける時間、それが小林にとっては、『感想』の連載期間だった。「私の文章は、音楽で言えば、どうもフーガの様な形で進むより他はないのを、書き出してから感じている」と小林はいう。繰り返すのではなく、織り重ねるように言葉を紡ぐほかない。理由は、ベルクソンが書く文章の多層性にあった。一つの言葉のなかにも概念とイメージは幾層にも重なるように存在している。ベルクソンは「概念」を縦糸に「イメージ」を横糸にして文章を紡いだと小林は書いている。『コーランを読む』（一九八三）で井筒は、宗教的古典における言葉の性質にふれ、一つの言葉にも多層的な意味——realistic（現実的）、narrative / legendary（物語・神話的）、imaginal（異界的）な層——があると語った。表現は異なるが、見ているものは同じだろう。小林はベルクソンの文章を記号的に読み解こうとしているのではない。むしろ、一枚の画を見るように眺めている。何かが観えてくるまでけっして、目を離さない。

『感想』は、二〇〇二年に出版された第五次全集に収められるまで、容易に手に入れることはできなかった。小林が刊行を拒んだ理由はそれが未完だったからではない。それほどふれられることはないが、小林のドストエフスキー論も未完なのである。小林の作品における未完の意味にふれ中村光夫は次のように書いたことがある。

氏の仕事は簡単に考えれば、ボードレール、ランボオらの詩に心酔した青年期から出発し、ヴァレリイ、ジイドを経て、日本の古典に開眼し、さらに本居宣長に熱情を注ぐ対象を見出したことに要約されます。

多くの日本人がそうであるように、目まぐるしい思想の遍歴ですが、氏の独自性はこれをひとつの強い呼吸で貫いた点にあります。氏の著作が力を入れたものほど未完に終わっているのはそのためなので、「ドストエフスキイのノオト」「ベルグソン」等はその典型です。

（「八十歳の若死」『《論考》小林秀雄』）

それぞれの先人の精神を論じることより、それらを貫くものを見出すことの方が重要だったと、中村はいう。ベルクソン論の中断は小林にとって大きな失望にはならなかったのではないか。むしろ、進むべき道が明示された、そう認識したように思われる。ベルクソンを読み返した手は自ずと、本居宣長に伸びた。『本居宣長』（一九六五―一九七六）と『感想』（一九五八―一九六三）は二つの別の主題を扱いながら問いにおいては連続している。『本居宣長』は、『感想』の筆を折って、一定の準備のあと、始められた。ベルクソンを読者の一人に数えつつ、そう書いても小林は笑ったりはしないだろう。論じる対象は、コトバの世界ではまざまざと生きていると感じられるのでなければあえてペンを執る意味もないだろう。批評とは、批評家と論じる対象との今まさに行われつつある対話の軌跡だからだ。

『感想』を読んでみて、小林が封印した理由がはっきりしたというわけではないが、先にふれたその初回さえ読めば小林の問いには十分に接近できると感じた。ベルクソンは遺言で、死後、書簡や講義・講演録など、未発表記録の出版を厳禁した。それを知らず小林は、遺稿集の登場を待ち望んでいた。こうした自分を顧み「恥ずかしかった」と書いている。この羞恥の念が、五年以上の歳月、ベルクソン論の執筆に彼を駆り立てた。だが、根本問題も彼の告白の核心もすでに初回の一文に記されている。生前小林も、初回の部分だけは独立した一篇として、一巻選集(『人生について』中公文庫)に納めることを承諾している。彼も、ここだけ残ればそれでよかったのである。

「嘔吐」にまつわる、二つの出来事が、小林秀雄と井筒俊彦の間にある。一つは、サルトルの小説、もう一方は文字通りのそれである。

中学・高校時代、井筒は、青山学院に進んだ。青山学院大学正門の横に牧師ジョン・ウェスレーの大きな銅像がある。この人物は、メソジストと呼ばれるプロテスタントの一派を樹立した人物として知られている。当然、学校では日々、礼拝の時間が定められていた。

だが、幼いときから父親に禅籍の素読と独自の内観法の実践を義務付けられ、霊性の発達においても早熟だった青年が、強いられた礼拝を盲目的に甘受できるはずはなかった。

ある日のこと、礼拝のとき少年は、文字通り嘔吐する。今でも吐き出した物の色を鮮明に覚えていると彼は先にふれた対談で遠藤周作に語った。イスラームとの邂逅の経緯を尋ねる遠藤の質問に答えて井筒は嘔吐体験を語ったのだった。一神教との出会いは、キリスト教の神との、嘔吐を経験した出来事に始まると彼はいう。以後、礼拝嫌いは即時的に癒え始め、むしろ、祈りの行き先に深い興味を抱くようになったという。

フランスでサルトルの『嘔吐』が発行されたのは一九三八年だが、当時の日本で原書は入手困難だった。井筒は、さまざまな論考で、サルトルが論じられるのを目にしていた。同じ作者の『存在と無』（一九四三）にしても、当時国内で持っていたのは、森有正一人で誰にも見せないらしいというまことしやかな噂すら流れていたと井筒は述懐している。

戦後間もなく井筒は、白井浩司訳の赤い表紙で飾られた『嘔吐』が神田の古書店に積み上げられているのを見つける。外国語の文献は原語で読むというのが井筒の原則だったが、『嘔吐』は例外だった。このことだけでも彼がこの一書をどれほど渇望したかが分かるだろう。安岡章太郎との対談で「そのときのうれしさといったらなかった」（「思想と芸術」）という語り口はまるで、昨日の出来事を伝えるような臨場感がある。

だが、井筒が本格的にこの作品を論じるには三十年を超える歳月が必要だった。井筒は『意識と本質』連載の初回で、この小説を彼が考える東洋と西洋が交わるところに現出した、現代におけるもっとも重要な問題作として論じることになる。「三田時代——サルトル哲学との出合い」（一九八五）と題する一文で井筒は、当時を振り返って次のように述べている。

古来、東洋の哲人たちが、「無」とか、「空」とかいう存在解体的概念の形で展開してきたものを、サルトルは実存的に「嘔吐」化し、それを一種の言語脱落、つまり存在の言語的意味秩序崩壊の危機的意識体験として現代哲学の場に持ちこんでくる。この主体的アプローチの斬新さが私を魅了した。それは、当時、ようやく私のうちに形成されつつあった意味分節理論の実存的基底が、東西文化の別を越えた普遍性をもつことを私に確信させた。それ以来、私の思想は、ある一つの方向に、着実に進みはじめた。

「ある一つの方向」というのは、「存在」顕現の始原に立ち戻るということにほかならない。中学校の礼拝時の体験が井筒をサルトルへと導いた。このとき井筒にとって世界は、「存在」を奉じる聖堂へと変じる。教会の外にも神はいる。むしろ、教会の外にこそ、とすらいえるだろう。以下に引くのは、白井浩司の訳文ではない。井筒俊彦が『意識と本質』を執筆するにあたって、彼自身の言葉で読み込んだ『嘔吐』の一部である。興味がある方は、訳文を比べて見られてもいいかもしれない。主人公ロカンタンは、公園にいた。

マロニエの根はちょうどベンチの下のところで深く大地につき刺さっていた。それが根というものだということは、もはや私の意識には全然なかった。あらゆる語《ことば》は消え失せていた。そしてそれと同時に、事物の意義も、その使い方も、またそれらの事物の表面に人間が引いた弱い符牒《めじるし》も。背を丸め気味に、頭を垂れ、たった独りで私は、全く生《なま》のままのその黒々と節くれ立った、恐ろしい塊りに面と向って坐っていた。

ここでの嘔吐は、生理現象であるよりも、実存的な現象であるといった方がよいのかもしれない。サルトルがいう実存的とは、超越者の介在なく人間が全身全霊で生きるとき、というほどの意味だろうが、誤解を恐れずにいえば、ここでの嘔吐もまた身体的であると同時にどこまでも霊的な出来事でもある。井筒がいう絶対無分節たる存在の片鱗に、かすかにふれるだけでも人間の肉体は、平常の状態を保持することができない。先の一節に井筒は次のように続けている。「絶対無分節の「存在」と、それの表面に、コトバの意味を手がかりにして、か細い分節線を縦横に引いて事物、つまり存在者、を作り出して行く人間意識の働きとの関係をこれほど見事に形象化した文章を私は他に知らない」。

サルトルの境涯に井筒は、「本質」の奥に実在の世界を探究する者の姿を見る。存在者の存在を司る創造的力動性、イブン・アラビーがいう「存在」自体に極限まで接近を試みようとする同胞を井筒はサルトルに発見する。

絶対無分節たる「存在」がまず信じられていれば、世にあるすべての存在者は「存在」の下降的自己展開、存在顕現《オントファニー》として認識される。「存在」が存在者に賦与する「かたち」、それが井筒のいう「本質」である。

こうした「存在」が事物に「本質」を付与する働きを、イブン・アラビーは「慈愛の息吹き」と呼んだ。この言葉の表面から感じられる穏やかさに留まってはならない。ここには、絶対者への深い畏敬と畏怖を、感謝と讃美を読み取るべきなのだろう。「本質」は「慈愛」の顕われに違いない。神秘家の言葉には一片の誇張も無い。息吹きが失せれば、世界は一瞬にして崩壊するからだ。

世界は「本質」によって被われている。だからこそ、私たちは日常生活を平穏に過ごすことができる。だが、好むと好まざるとを問わず、「本質」の幕の彼方を見通す人たちがいる。詩人、画家、宗教者、あるいは哲学者にもそうした人はいる。音楽家のなかにも、音は現象の彼方から響いてくるものであることを認識している者たちが存在する。セザール・フランクもその一人である。フランクという作曲家は、ヴェルレーヌと共に河上徹太郎の理解を試みるとき、極めて重要な人物だ。フランクの音楽が批評家の道へと導いたと彼自身がいっている。小林も自ずとこの作曲家に言及することになった。『河上徹太郎全集』の跋文（一九六九）に小林は、この作曲家をめぐって自らの嘔吐体験を記している。

私の三十歳頃の事だ。真夏の真昼間であった。私は一人で縁側に腰かけ、後から鳴って来るレコードを聞いていた。蓄音機は、新しく買った大型のもので、すばらしくよく鳴っていたのである。三坪ほどの乾いた庭には、強い陽が当り、塀際には、沢山の山百合が満開であった。その向うには蟬を満載した緑の山の斜面があった。聞いているうちに、私はだんだん気持が悪くなって来た。胃が痛み、頭痛がして来たが、ニ短調の第一楽章が終ると、私は庭に、したたかに吐き、レコードを止め、横になり、茫然として眼をつぶった。

読者にどう読み解かれるかをよそに小林は、ただ河上への献辞としてこれを書いた。ここには小林から河上に捧げられた頌歌が潜んでいる。

『河上徹太郎論』のなかで作曲家遠山一行は、当時、『新潮』の編集長だった坂本忠雄から聞いたと断りつつ、小林が、真実の批評家とは河上のことであり、自分はせいぜい詩人だといった逸話を伝えている。冒頭でふれた、詩人と批評家をめぐるボードレールの言葉を思い出していい。小林が『悪の華』の作者の告白を、どう認識していたかが鮮明になるだろう。小林の眼に、河上は、井筒のいう「存在」の曠野を独歩する魂に映じていたに違いない。そうでなければ盟友の全集の跋文に、自らの嘔吐の体験を書いたりはしないだろう。求めたのは、嘔吐の体験ではない。彼らが希ったのは、「慈愛の息吹き」との交わり、ベルクソンの言葉を借りるなら「接触」である。傍目にはどんなに奇妙に映ろうとも、小林と井筒の場合、嘔吐という経験こそが、その聖なる「息吹き」と遭遇した証にほかならなかったのである。

「感動は心に止まって消えようとせず、而《しか》もその実在を信ずる為には、書くという一種の労働がどうしても必要の様に思われてならない。書けない感動などというものは、皆嘘である。ただ逆上したに過ぎない、そんな風に思い込んで了って、どうにもならない」、『ゴッホの手紙』にある有名な一節だが、世界を認識する小林の態度が如実に現れている。

神秘的な経験をするだけでは不十分だ、むしろ、そこに留まるなら何も見なかったことになる。啓示は必ず、その出来事を世に知らしめるという労働を強いる。神秘体験に留まる者を、その道が、いつもドグマに至ることから「神秘主義」者と呼ぼう。あらゆる主義者と同じく、神秘主義者の眼にも、世界の秘密は明らかにされない。神秘主義者の体験を羅列するだけでは虚しい。「接触」するだけでは、自らの使命を果たしたことにはならないと、神秘家は考えた。同質の精神を井筒の『神秘哲学』に見つけることは、さほど難しいことではない。

キリスト教の教会へ礼拝に赴く人が無数にいるように、フランクのシンフォニーを聴いた人物は数多いるに違いない。しかしそこで嘔吐した人物はいただろうか。小林秀雄と井筒俊彦が何を見たかという問題以前に、二人の歩みが嘔吐という体験に必然する、危機と祈願を背負っていたことが重要なのである。

一九六七年井筒は、エラノス会議に正式に講演者として招かれる。以後十五年間、八二年まで彼はスイス、マッジョーレ湖畔、アスコーナで行われたその会議に出席、講演を続けた。そこで毎年のように発表された論文の精髄が『意識と本質』へと収斂していったのである。

『本居宣長』の執筆が始まったのは一九六五年、小林は七六年まで十一年間、その連載を続けた。

八　二つの主著

一九七九年の夏、エラノス会議でのことだった。スイスの思想界にありながら、チベット系タントラの大家として知られたデトレフ・インゴ・ラウフが、井筒俊彦にいった。「我々西洋人は、今や、東洋の叡智を、内側から把握しなければならないんです。まったく新しい『知』への展開可能性がそこに秘められているんですからね」(『意識と本質』「後記」)。その言葉を受けて、『意識と本質』を書くに至ったいきさつを作者はこう書いている。

それは、〔東洋人である自分たちが〕東洋の様々な思想伝統を、ただ学問的に、文献学的に研究するだけのことではない。(中略)東洋思想の諸伝統を我々自身の意識に内面化し、そこにおのずから成立する東洋哲学の磁場のなかから、新しい哲学を世界的コンテクストにおいて生み出していく努力をし始めなければならない時期に、今、我々は来ているのではないか、と私は思う。（『意識と本質』「後記」）

『意識と本質』は、まるで霊性の宴のようだ。読者は饗宴へ招かれし者。招待客は、集まった古今東西の巨人たちに驚き、主催者がそこに捧げた労苦を忘れがちだ。イスラームの思想家はもちろん、ユダヤ、キリスト教界の思想家、儒家、老荘の哲人、仏教哲学の伝承者、カール・グスタフ・ユング、ジャック・デリダやエマニュエル・レヴィナスなどの現代思想家にまざって、リルケ、マラルメ、サルトルが集う。さらには、古今、新古今の歌が引かれ、芭蕉、本居宣長に「存在」の冒険者を見る。宣長にふれ、井筒は次のように書いている。

概念的一般者を媒介として、「本質」的に物を認識することは、その物をその場で殺してしまう。概念的「本質」の世界は死の世界。みずみずしく生きて躍動する生命はそこにはない。だが現実に、われわれの前にある事物は、一つ一つが生々と自分の実在性を主張しているのだ。この生きた事物を、生きるがままに捉えるには、自然で素朴な実存的感動を通じて「深く心に感」じるほかに道はない。そういうことのできる人を宣長は「心ある人」と呼ぶ。

静止している外形を突破して、万物に生ける「心」を見出そうとする者、存在者のなかに「存在」の働きを見出そうとする者として井筒は宣長を認識している。

宣長をめぐって小林と井筒が言葉を交わすことがあったらと想像してみる。可能性はまったくなかった訳ではない。二人は自ずと言葉とコトバをめぐって語り始めたように思われてならない。宣長は言葉の奥にコトバを探した。コトバには時空を超えた「心」が生きていることを彼は知っていたからである。宣長がいう「物のあわれ」を知るとは、コトバと「心」が融け合った経験のことにほかならない。

小林と宣長の関係は戦前にさかのぼる。戦時中に書かれた「無常という事」にも読後感が記されてあり、『本居宣長』の冒頭にも、戦時中、どうせ古事記を読むなら、「宣長の「古事記伝」でと思い、読んだ事がある」という記述もあるから、その関係は古くから続いたといってよい。

『本居宣長』の連載の初めに小林はわざわざ、この作品では「引用文も多くなると思う」と書いている。それは自らの記述が少なくなることへの断り文句ではない。読むべき言葉は引用にあると信じる、読者にもそのことを分かってほしいというのだろう。そうした危惧は完成されても続き、江藤淳との対談でも小林は自身の文章よりも、引用が読まれるかどうかを訝った。

愛読という素朴な営み以外に、対象の肉声と出会うすべはない。肉声を聴こうとする者の声は自ずと小さくなる。読者に期待するのは、自分の声が聞き入れられることではない。彼が送り届けようとするのは、コトバと化した、もう一つの「声」である。

この作品で小林は、随伴という言葉がそのまま当てはまるように、ひたすらこの大学者の傍らに立ち続け、魂の声に寄り添おうとする。「私は宣長の思想の形体、或は構造を抽き出そうとは思わない。実際に存在したのは、自分はこのように考えるという、宣長の肉声だけである」と小林はいう。

大小説を読むには、人生を渡るのに大変よく似た困難がある、といったのは小林だが、小説に限るまい。彼のような批評家が、執筆だけで十年以上の歳月を傾け、推敲を繰り返しながら、十回分の連載に当たる数百枚分の原稿を削ったのちに出来上がった作品は、彼自身のいう大小説と同じく、読み手の成熟を求める。成熟とは秀逸な視点を持つことではない。特別の感想や意見を持とうとすることをひとたび棄て、作品とただ向き合うことである。書き手が文字を削るのは、冗長になるからばかりではない。すべてを書き尽くさないことで文字の彼方の世界に読み手を導くためである。「読書に通じるとは、耳を使わずに話を聞くことであり、文字を書くとは、声に出さずに語ることである」と『本居宣長』に記されている。実人生においてもそうであるように、「耳」を豊富に用い、沈黙した者の声に聞くべきものがあるのは、宣長の時代からも変わることはない。

幾時の間にか、誰も古典と呼んで疑わぬものとなった、豊かな表現力を持った傑作は、理解者、認識者の行う一種の冒険、実証的関係を踏み超えて来る、無私な全的な共感に出会う機会を待っているものだ。機会がどんなに稀れであろうと、この機を捕えて新しく息を吹き返そうと願っているものだ。物の譬えではない。不思議な事だが、そう考えなければ、或る種の古典の驚くべき永続性を考えることはむつかしい。宣長が行ったのは、この種の冒険であった。（『本居宣長』）

時間の制約を打ち砕くように小林の眼前に顕われた宣長の姿を疑ってはならない。物質上は、一冊の本に過ぎず、静止している古典が、自ら継承者を選択する。奇妙に映るかもしれないが、当事者には、つかまれたのは自分だという経験だけが明確だったに違いない。

こうした主客逆転の経験は、単に知解へと人間を導くだけではない。信じることを強いる。古典とは、読み手が書物を選ぶのではなく、書物が読み手を選ぶ生き物だという現実を信じることができなければ、『古事記』という書物ばかりか、本居宣長という人もわからないというのだろう。ここで小林は、自己を語ることをしないが、自らもまた呼び出された人間だという自覚がなければ、二十年を超える歳月を賭して、『古事記』の解読者に向き合うことはできなかっただろう。

物のあわれをめぐる宣長の中心的な思想にふれて小林は、古事記の注解者には、現代の心理学を通じては、到底たどり着くことができない、人間の「情《ココロ》」がまず信じられていたという。宣長がいう「よろずの事にふれて、感《ウゴ》く情《ココロ》」は「分裂を知らず、観点を設けぬ、全的な認識力である筈だ」と彼はいう。宣長は、物のあわれを「知る」という。小林は、この営みは、刹那的なあるいは体験的な出来事ですらなく、「道」だったといっている。知るということも極まれば、「信」

の扉に逢着する。小林が映し出す宣長は、歌を愛し、『源氏物語』に歌の「道」を見つけ、『古事記』に出会って「道のまなび」へと突き進み、ついに「神ながらの道」へと赴く、透徹した魂を持つ、単独の歩行者である。

対象が何であれ、全体とは、部分の総和では決して表現できない何ものかだ。デカルトを曲解した現代に跋扈する身心二元論の上に、加算的思考をいくら繰り返しても、批評家がいう、「全的」と呼ぶべきものに逢着することはできない。「情」という文字のほかにないと信じたから、宣長はそれを用いた。ただ、「情」という言葉が浮かび上がってくるのを待てばよい。

『意識と本質』を書く井筒は、宣長の「物のあわれ」にふれ、国学者が「感《ウゴ》く情《ココロ》」を絶対視するところから眼を離さない。井筒にも、日本的霊性の顕現たる国学者は、稀有な求道者に映った。宣長は二人の歩いた道に聳える霊山のようだ。観察者それぞれの眼に、異なる姿を映し出すが、伝えることは一つだ。『源氏物語』は、宣長に「啓示」をもたらしたと小林は書いている。確かに彼は、井筒がマホメットを語るときに用いた、「神言降下」を意味する、この言葉を使った。

自分の不安定な「情《ココロ》」のうちに動揺したり、人々の言動から、人の「情《ココロ》」の不安定を推知したりしている普通の世界の他に、「人の情《ココロ》のあるやう」を、一挙に、まざまざと直知させる世界の在る事が、彼に啓示されたのだ。

彼は、啓示されたがままに、これに逆らわず、極めて自然に考えたのである。即ち、「物語」を「そらごと」と断ずる、不毛な考え方を、遅疑なく捨てて、「人の情《ココロ》のあるやう」が、直かに心眼に映じて来る道が、所謂「そら言」によって、現に開かれているとは何故か、という、豊かな考え方を取り上げた。（『本居宣長』）

今も変わらないが、宣長が生きていた時代も、『源氏物語』が存在の神秘を告げ知らせる媒体だとは認識されていなかった。宣長自身、それを「そらごと」といい、軽蔑する時代精神を嘆く文章を残している。

一つの薬草がある。抽出や解体を幾度繰り返しても、分析法を超えるものは現出し得ない。そこには無数の成分があり、その数は数万あるいは数十万と想定されている。医薬品の開発者が選定するのは、常にその一つ、あるいは一部に過ぎない。有効成分の特定と純化、それが薬品製造者の眼目だ。それは、効果を発揮することもあるだろうが、副作用のない薬品がないように、ときに生命を脅かすことがある。現代の医学も、心理という存在は認めるだろうが、小林がいう精神を信じない。宣長がいう「情」に至っては、存在すら認めない。信じるという営為には、非科学的な脆弱さを見るに過ぎない。

「この世に病気は存在しない。病人がいるだけだ」と、あるとき名医といってよい人物がいった。続けて彼は、現代医学は証明できない苦しみと痛みを、あたかも無きがごとく、その世界観を構築してきたが、真実の医療があるとしたら、まず、患者の苦痛を信じることから始める以外に道はない、ともいった。

一見、場違いな医療の話をここで持ち出すのは、薬草を商い、糊口をしのいでいる筆者に卑近な例だからでもあるが、『古事記伝』の著者が、伊勢松阪で開業していた、一介の医師だったからでもある。「病気は存在しない」、と看破したある医師の信念は、宣長にもまた、当然の立脚地だったに違いない。小林は、医業で得た報酬を竹筒に入れ、作者がそれで『古事記伝』を自費出版したという話を感慨深く伝えている。

「物」の前に裸で立ち、己を空しくした時に現れ出たものを、素直に信じる道を、本居宣長は選んだ。先の引用文にあった「物語」とは、もちろん、『源氏物語』のことだが、宣長にとって、それが『古事記』になったとしても、本質的な変化はないばかりか、啓示の声は一層、鮮明さを増し、迫って来たに違いない。

本居宣長は、浄土宗の信仰篤き家に生まれた。その青春に荻生徂徠の思想に出会い、契沖を知り、小林の言葉に従えば『源氏物語』によって「開眼」し、賀茂真淵を師と定め、ついに『古事記』の招きに会う。小林は、これらの邂逅を、いずれも不可欠な、ある秩序に導かれた美しい経験として詳細に論じている。

宣長が『古事記伝』を著し、解読するまで、『古事記』は全貌を知られることなく、意味不明な漢字の羅列だと思われていた。宣長を研究する者は、彼が、最古の歴史書に何を読んだか、あるいはどう読んだのかを論じる。小林の態度はまったく異なる。その古典が、胸襟を開くのが、なぜ、本居宣長でなくてはならなかったのか、そして、この稀代の国学者はその不可避な選びに、何をもって応えたかという点に絞られる。いかに奇妙に聞こえようとも、それは宣長が、『古事記』という歴史を、どう生きたかということにならざるを得ない。

宣長の古代尊重の態度は、ある人々には狂信に見えた。現代よりもずっと不可思議な事象に寛容だった江戸後期ですら、あまりに非合理に映った。あるとき上田秋成が宣長に噛み付く。二人の間には、「烈しい遣り取りの末、物別れとなった」論戦があり、「争いの中心は、古伝の通り、天照大神即ち太陽であるという」説に、宣長が頑強なまでに固執したところにあった。論争の内容には深入りしない。古語と太陽をめぐる意見の差異が問題なのではない。問題は、古《いにしえ》への態度にある。

秋成はしばしば語られるような、近代を先取りした、単純な合理主義者ではない。『古事記伝』の作者とは異なる類型だったにせよ、この『雨月物語』の作者も異界に招かれた人物だった。確かに物別れに終わった論争だったが、その書簡の応酬を記録したのは宣長だった。『呵刈葭』として伝わる記録をみると、飽かずに両者共によく続けたと思う。宣長も、本当に取るに足りないと思えば無視することもできたはずだし、記録する必要も認めなかっただろう。微細な質問と、承服を繰り返している様を見ていると、ときに悪口《あっこう》を叩く論敵も、宣長に、ただならぬ畏敬と反発の入り混じった深い関心を抱いていているのが分かる。

本居宣長と上田秋成の関係を考えるといつも小林秀雄と石川淳のそれが思い出される。宣長にも深い関心を示していたが、石川は何より、秋成の深い理解者だった。彼は『雨月物語』を独自な現代語に置き換え、新生させた。

初期の文芸批評で小林は、石川の作品を論じている。その後、二人は一度対談をしただけで、表面的には深い交わりの跡はないが、折にふれ、それぞれ作品は読んでいた。芸術院総会の帰り、河上、石川、小林という顔ぶれで料理屋へいった。河上が「芸術院総会の一日」と題するエッセイで、このときのことを書いている。

その時小林と石川は、それぞれ行ってきたばかりのソヴィエトについて話し、意気投合した。小林が『考えるヒント』を書いていた頃のことだった。石川は小林に荻生徂徠をもっと書くように勧め、小林は石川に古写本の収集を頼んだ。しかし小林は二人に徂徠ではなく、宣長を書きたいと語ったという。儒学の安易な受容を徹底的に嫌った宣長が、生涯敬意を失わなかった儒者が徂徠だった。徂徠が分からなければ、宣長に接近することはできないと言わんばかりに小林は幾度となく『本居宣長』で徂徠を論じた。

宣長と秋成の論争は白黒の帰結を求めるものではなく、歴史への重大な問題提起だったと、石川はいう。秋成同様、石川もまた、異界をよく知る人物だった。「諸人を振ひ起《タ》たしめんとならば、その身に於て魔をもたらざるべからず」、石川の「本居宣長」にある言葉だ。「ちなみに、これはバクーニンのことばである」と彼は書いている。優れた引用は雄弁だ。批評において、作者の言葉となって再生する。バクーニンにとって「無神論」とは神が不在なことではなく、無にするべきは神を軽率に論じる観念の遊戯にほかならないことを意味する。宣長の精神を論じ、共産主義の黎明期、マルクスと闘い、敗れた、真実の「無神論者」の言葉を引ける人物は、近代日本において石川のほかにいるだろうか。江戸時代、二人の文人に交わされた出来事は、現代においても、かたちを変えて続いていた、そういえば空想に過ぎないとの誹りを受けるだろうか。

矢継ぎ早に送られてくる秋成の質問に、ついに宣長はこう答えた。「古学を信ぜざる人は、これを信ぜざらんこともとより論なきをや、猶此事は古事記伝に追考して委くいへり、信ぜん人は信ぜよ、信ぜざらん人の信ぜざるは又何事かあらん」。信じる者は信じるがいい、信じない者はそれまでだ、自分は『古事記伝』でそれしかいわなかった、というのである。何とも強い表現で、論争の放棄とも受け取れる態度だが、言葉を発した当人は、ほかに内心をいう術を持たなかった。真理はどこにあるか、それを知りたいと困窮する秋成に、真実は、信じる者にだけ現存する、と宣長は答えた。小林がランボオ論に書いた言葉を思い出していい。「「他界」を立証する前に、「他界」は信じられていなければならぬ」。

「マラルメが最も美しく描き出したのは、ボオドレエルでもヴェルレーヌでもなく、ランボオである」といい、見者ランボーの最初の発見者として、小林はこの詩人に注目している。しかも、「見者の手紙」を見ずして。この書簡の発見は、マラルメの死後だったと小林は書いている。平井啓之は『ランボオからサルトルへ』で、小林秀雄の誤訳にふれつつ、この説に異論を唱えている。史実は、指摘の通りかもしれない。しかし、ここは、「誤謬」に従って進もう。平井もそうしたように。問題は史実を超えたところにもある。

自ら苦行者であることを選んだように、マラルメは詩を書き、生きた。詩人は自らの詩作を、修道院の奥深く、密かに神を求める修道士の「行」に喩えた、と井筒は書いている。

井筒がマラルメに寄せた敬愛は深い。井筒は、その境涯に、真摯な求道者の挑戦を見ている。マラルメを語る筆致は、いつもながら熱情に裏打ちされた精緻さを失ってはいないが、そこには一層の哀憐がある。

言語的意識の極北。凍てつく冷気の中で、コトバは空しい戦慄となって沈黙のうちに沈みこもうとし、親しげな眼差しの日常的事物はことごとく自らを無化して消滅する。虚無。一八六六年三月、カザリス宛の手紙でマラルメは、「仏教を知ることなしに、私は虚無（le Néant）に到達した」と書いている。そして、この底知れぬ深淵が私を絶望に曳きずりこむ、とも。（『意識と本質』）

「絶望に曳きずりこむ」という言葉も比喩ではない。もちろん、それは井筒にも感得されている。だから、哲学者は、狂気の寸前にいる詩人の姿をまざまざと見つつ、眼を離さない。マラルメに精神の危機を見ると同時に、魂の栄光も見ている。詩人が、精神錯乱の危険を冒してまで見た「虚無」の向こう側に、「絶対美」を発見するまで、詩人に随伴する。「虚無を見出した後で、僕は美（le Beau）を見出した。……僕が今、どんな清澄の高みに踏みこんだか、君にはとても想像できまい」（同）とマラルメは同じ友に手紙に書いた。

詩人マラルメは、生活者としては英語教師として生計をたてていた。詩人の精神が宿っていなければ、生活は平穏だったかもしれない。しかし、宿命はそれを許さなかった。仏教を経ずして虚無に到達したと書いてから、さらに虚無の彼方に美を見出したと書き送るまでには四ヶ月の期間があった。その間、詩人はどんな日々を送ったのだろう。稀代の詩人でありながら、同時にどこまでも日常を離れない生活者であろうとする者に残されているのは祈りしかない。マラルメの生活は、彼自身がいっているように、祈るほか、あらゆる作為は無為に等しいような、市井の修道者の生活そのものだった。西脇順三郎は自身が訳した『マラルメ詩集』の注で、この詩人を「霊魂の不滅を信じなかったキリスト教の無神論者」（一九九六、小沢書店）だといった。

詩人は、誰に頼まれたわけでもなく、自らに定められたと信じた道を進んだ。こうした詩人が「絶対言語的」に「花」という語を発するとき、ある「異常なこと」が起こる。

存在の日常的秩序の中に感覚的実体（「輪廓」）として現われていた花が、発音された語《コトバ》のひき起す幽かな空気の振動と化して消え散っていく。花の「輪廓」の消失とともに、花を見ている詩人の主体性も消失する。生の流れが停止し、あらゆるものの姿が消える。この死の空間の凝固の中で、一たん消えた花が、形而上的実在となって、忽然と、一瞬の稲妻に照明されて、白々と浮び上ってくるのだ。花、永遠の花、花の不易が。

マラルメが書いたのではない。井筒の言葉だ。その異端者を描き出している一章は、『意識と本質』のなかでもっとも美しく、坐った者を立ち上がらせる力を持っている。時空の制限と制約の唯中で、真実の姿を失ったかに見える存在者を「存在」の次元にまで昇華させること、マラルメはそれを「詩人としての己れの使命」とした、と井筒はいう。ここでのコトバは事物を表現する記号ではない。事物を消失させ、禅でいう「殺す」ものである。言語が終わるところに「普遍的実在」が顕現する。

ここに明らかに描き出されたのは、フランス詩人の姿だけだったのだろうか。先の井筒の言葉が、セザンヌを語るリルケの書簡に、または小林の『近代絵画』にあっても不思議ではないだろう。セザンヌが画で試みたことを、マラルメは詩で実現することを希ったのである。

九　継承と受容

講演でも対談でも発表する段になると小林は、徹底的に書き改めた。それはすでに「書かれた」言葉だ。一方、今日残っている彼の講演の録音は、別の姿を伝えている。本人がどう思っていても、批評家の講演には著述とは違った価値と意味がある。文学史から少し視座を離して、精神史の座標軸で小林を考えるとき、講演「私の人生観」は、もっとも重要な「作品」になる。

まず小林は、人生観を再定義しながら、『観無量寿経』にある「観」の考察から始める。法華経をめぐりつつ、鑑真、明恵、浄土教、禅へと思索は進む。そして私たちは芭蕉の「笈の小文」にある有名な言葉にたどり着く。

西行の和歌における、宗祇の連歌における、雪舟の絵における、利休が茶における、其の貫道する物は一なり。しかも風雅におけるもの、造化にしたがひて四時を友とす。見る処花にあらずといふ事なし。おもふ所月にあらずといふ事なし。像《かたち》花にあらざる時は夷狄《いてき》にひとし。心花にあらざる時は鳥獣に類ス。夷狄を出《いで》、鳥獣を離れて、造化にしたがひ、造化にかへれとなり。

老荘思想において、「造化」は、根源的存在を意味する。道は「造化」へと続く。「つゐに無能無芸にして只此一筋に繋る」と芭蕉はいった。彼には、西行も宗祇も雪舟も、「造化」の道を歩く先行者であり、案内人だった。だが、彼が偉大だったのは「造化」を語ったところにあるので「造化」にあるのではない。その反響となったところにある。「笈の小文」に登場した人物が、そのまま小林の作品に現れるのは、偶然ではない。小林は空《くう》の如くなる心において、様々の風情を色どる、と言った処を、芭蕉は、虚《きょ》に居て実《じつ》をおこなう、と言ったと考えても差支《さしつか》えあるまい」（「私の人生観」）と述べた。

「造化」の一語があることから、芭蕉に老荘思想の影響を指摘する者は多い。しかし、それは芭蕉のなかで単なる共感や影響を超えた、境涯の根底を形成する決定的な事象だったといったのは西脇順三郎である。彼は、「芭蕉の精神」と題する一文で俳聖といわれた人物が、一人の求道者と化していく事実に注目している。西脇順三郎の詩学は、論じるに別の一稿を要する問題だが、井筒がこの詩人に育まれたとなると、意味は一層深みを帯びる。

井筒が慶應義塾大学で西脇に学んでいるころ、折口信夫もまた、講壇に立っていた。西脇と折口は同じ大学、同じ学部にいながら、まったくといっていいほど、交流がない。井筒は西脇門下でありながら、折口の授業にも必ず出席した。そればかりか折口が何を話したかを西脇に伝えていた。池田彌三郎は折口の学問を継承した。井筒も友といえば、まず池田を思うと書いている。井筒は池田と師を同じくすることもできた。その可能性もなかったわけではない。しかし、折口の周辺に形成されていた弟子たちの輪に井筒は違和を感じる。学問は独歩の営みであって群れるべきではないという考えは、幼い頃から独行を強いられた井筒にとっては不文律のようなものだったが、西脇を知り、いっそう強靱な信念になる。井筒の西脇への敬愛は、その生涯を貫き、変わることはなかった。

新倉俊一が書いた『評伝 西脇順三郎』によると、この詩人は後半生、「ギリシア語と漢語との比較研究」というテーマに固執した。憑かれたといってよいような状態で、研究は二十年以上にわたって、執念にも似た態度で続けられた。命題、仮説、論考の奇妙さゆえに周囲は当惑を隠さなかった。この詩人の「奇行」は今や伝説だが、この研究もその奇行の一例だと、ほとんどの人間が沈黙をもって応えた。しかし、そうしたなかでまったく躊躇なく、詩人の面目と研究への熱情を認めたのが井筒だった。最晩年、慶應義塾大学のかつての教え子であり、同僚でもある松原秀一が、井筒を病床に訪ね、文庫本になった詩人のエッセイ集『あざみの衣』を渡すと、井筒はことのほか喜んだという。

自分を分解してみると、理知、情念、感覚、肉体の世界がある。近代人と原始人がいる、ところが、「自分のなかにはもう一人の人間がひそむ」と西脇はいった。詩人は、その「自分」を、「幻影の人」と呼んだ。

生命の神秘、宇宙永劫の神秘に属するものか、通常の理知や情念では解決の出来ない割り切れない人間がいる。

これを自分は「幻影の人」と呼びまた永劫の旅人とも考える。

この「幻影の人」は自分の或る瞬間に来てまた去って行く。この人間は「原始人」以前の人間の奇蹟的に残っている追憶であろう。永劫の世界により近い人間の思い出であろう。

(『旅人かへらず』はしがき)

西脇順三郎と若き井筒の間に学問的な師弟関係を見るだけでは表層の関係をなぞったに過ぎない。井筒は大学で、いわゆる体系立った哲学を学んだことはない。だが彼は、哲学とは学ぶべきものではないことを、この詩人から学んだ。井筒が西脇の名前を知ったのは中学生の頃だというが、その頃からすでに「通常の理知や情念では解決の出来ない」、「生命の神秘、宇宙永劫の神秘に属するもの」への憧憬が宿っていたのだろう。

真に神秘に接近しようとする者にとってその試みが詩であるか、哲学あるいは宗教思想として表現されるかは第一義の問題ではなかった。むしろ、そんな分野の差異が消えゆく場所を探そうとした。だからこそ、西脇はボードレールにふれ、この人物は確かに巨大な詩人だっただろうが、同時に司祭になっても立派な人物になっただろうというのである。

単に印象を述べているのではない。西脇は、吉満義彦の師、ジャック・マリタンの著作を傍らに、トマス・アクィナスの『神学大全』を読むような人だった。「相反するものを連結して調和したるものが詩の本質である」（『超現実主義詩論』一九二九）という彼にとって、神に接近しようとするとき宗教はすでに、不可避的に通過しなくてはならない門ではない。むしろ彼にとって聖者は、既存の宗教の世界からは異端者と断じられる者の姿をして現れるのは当然のことだった。さらに西脇はボードレールにふれ、こう書いている。

〔ボードレールの詩集〕『悪の華』は彼が考えた美の哲学をのべたものであって、大げさに言ったら、詩でなくて哲学のマニフェストーである。今の私にはこの作品はミロの作ったうすきみの悪い壺のように思う。または三月堂のフクウケンサク観音のように思う。（「ボードレールと私」『詩学』）

近代において「マニフェスト」の一語が忽然と現れたのは十九世紀のドイツ、マルクスとエンゲルスによって書かれた『共産党宣言』によってである。「万国のプロレタリア団結せよ」の一節で終わるこの小冊子は、ドイツ語の原文では、Das Manifest der Kommunistischen Partei「共産党宣言」あるいはDas Kommunistische Manifest「共産主義者宣言」と題するものだった。

今日、マニフェスト（manifest）という言葉を聞くと、曖昧なものをはっきりと示すという語感がある。だが本来的にはむしろ隠れているものが、時代あるいは人間を用いて顕われ出ることを示す。不条理がはびこる世の中で、自然の理がその姿を顕わすこと、そうした事象を英語ではマニフェステーション（manifestation）という。

何ものかが顕現するとき、主格となるのは人間を超える何者かである。人間は、それが自己顕現するときの通路に過ぎない。先に見たイスラームの聖伝にある一節、「私は隠れた宝物であった」、そして「私」である神が、自らを知らしめるために世界を創造したと語る神話、ここで行われていることこそ井筒は、超越者のself-manifestationにほかならないと書いている。

『悪の華』は、「詩でなくて哲学のマニフェストーである」とは、ボードレールが私たちにもたらしたのは文学ではなく、預言であることが示されている。預言者とは、未来を言い当てる予言者とは関係がない。文字通り超越のコトバを預かる者である。現代では預言者はときに詩人の姿をして顕われる。同質の詩人観が井筒の『神秘哲学』でも語られているのを私たちはすでに見た。

「ミロの作ったうすきみの悪い壺」と西脇が呼ぶのは、シュルレアリストであるジョアン・ミロの作った壺を指す。「フクウケンサク観音」は「不空羂索観音」と書く。「不空」とは菩薩の悲願が「空しくない」ことを指す。「羂索」は鳥獣を生け捕る網を意味し、もれなく衆生を救う菩薩を象徴する。三月堂は東大寺の三月堂で、不空羂索観音はその本尊である。

ミロの壺には独特の文様がある。この画家にとって文様は「言葉」だった。言語よりも雄弁なコトバだった。西脇はまた、東大寺の観音像に、言語ではなく、仏像の「かたち」として存在するコトバが、言語に劣らず雄弁に真実を物語っていることを感じる。それらは『悪の華』に刻まれた言葉と同じく、実在と真理を伝える美のコトバだと西脇には感じられた。

この詩人の邦文の処女著作は『超現実主義詩論』である。「超現実主義」はシュールレアリズムと訳され、西脇を日本におけるその先駆とする向きがある。だが、そこに異を唱えたのが西脇自身だった。のちに版元を変えて改めてこの本を世に問うとき彼は、その序文で「超現実主義」ではなく「超自然主義」としたかったのだが、出版社の都合で表題を変えたと書いている。「超現実主義」は時代を領した文学の潮流だが、「超自然」は違う。それは思想の表現であるよりも、時代を超えてあり続ける、この世界に向き合う人間の態度である。「超自然」なるものへのまなざし、それが形而上学にほかならない。

形而上学とは、単に研究されることによって終わる一分野を示すのではない。それは生きることによってのみ証しされる一条の道である。本当の意味における詩は、ついには形而上学にならざるを得ない。詩人は生まれながらにして哲学者であるといってよい。西脇は二十世紀日本を代表する詩人であるだけでなく、形而上学的思惟においても傑出した力を持った人物だった。一九八二年に西脇が亡くなると井筒は複数の追悼文を書いた。その一つで井筒は西脇を「生涯ただひとりの我が師」（「追憶」）と呼んだ。

だが、この追悼文を別にすれば井筒が西脇に言及したことはなかった。エッカーマンの『ゲーテとの対話』(山下肇訳)のなかでゲーテがバイロンにおけるシェイクスピアの影響を語る次のような一節がある。この一節はそのまま、西脇順三郎と井筒俊彦の関係に合致すると考えてよい。

彼〔バイロン〕は、偉大な才能を、生れながらの才能を、もった人だ。詩人らしい詩人としての力が彼ほど備わっている者は一人もいないように思われる。外界の把握という点でも、過去の状態の明晰な洞察という点でも、シェークスピアと比肩できるほど偉大だ。けれども、シェークスピアの方が、純粋な個人としてはすぐれている。バイロンは、それを十分感じていたから、シェークスピアのめぼしい文句は全部暗記していたにもかかわらず、シェークスピアについては、多くを語ろうとしない。できることならシェークスピアなんか否定したかっただろう。シェークスピアの明るさが、どうにも邪魔だったのだ。彼は、それにはかなわないことをさとっていたのだ。

井筒は西脇からの影響を隠そうとしたのではない。名前を出して論及する地平とはまったく異なるところで彼は自分の師と出会っているというのだろう。

一九九〇年、六十一歳のときだった。作家の日野啓三は肝臓に悪性腫瘍があると医師に告げられる。手術のあと日野は全身麻酔と鎮痛剤の副作用で幻覚に苦しむ。井筒俊彦を知らなかったら、悪性腫瘍の闘病生活中に襲ってきた幻覚との苦闘を耐え抜くことはできなかった、「錯乱一歩手前まで行った私自身の意識を、どうにか持ちこたえて形を取り戻すことができなかっただろう」（「言い難く豊かな砂漠の人」）と語った。書物を通じた日野と井筒の出会いは古く、日野は初版の『マホメット』以来の読者だった。しかし「邂逅」ともいうべき出来事に逢着するには三十年の歳月が必要だった。『意識と本質』を「三度は繰り返して読んだだろう」というから、その衝撃は想像に余る。なかでも彼がもっとも愛したのは『意味の深みへ』（一九八五）である。この一書をめぐって、こう書いたことがある。

日頃気軽に〝現実〟と呼んでいる世界が、いかに頼りなく解体し錯乱するか、ということを恐しいほど体験した。とくに夜間、病室の窓越しに数々の異形のものを見た。とくに魔性のものではなかったが、そういう幻覚が現れるとき、必ずのように意識の最も深い部分（身体の最も深い部分といっても同じことだ）で、ひくっと何か微細なものが震えるのを感じた。
私が考えるのでも想像するのでもない。むしろ意識の奥で勝手に、何か小さな粒々のようなものが弾けると同時に、人間や動物や物体のイメージが隣の病棟の屋上や夜空に出現するのだった。始めはその現象自体が何とも無気味で、ひたすら驚き恐れていたのだが、そのうちあるとき、ふっとこれが井筒俊彦が度々書いている「アラヤ識」の「種子」なのではあるまいか、とはっきり思いついたのである。（「言い難く豊かな砂漠の人」）

「錯乱の一歩手前」というのがまったくの比喩ではないことはこの一文が充分に物語っている。同質の経験を井筒は、『ロシア的人間』で詩人チュッチェフにふれながら論じている。また、先にみた『嘔吐』の一節を想起してもよい。井筒を読む多くの読者は、彼が描いた世界を推し量るほかない。だが、日野はそれを生きた。彼にとって井筒の言葉は、実在に極限まで接近しようと試みる者のみが明示できる証左だった。同じ小品で日野は井筒を詩人だという。「詩人こそ言葉がゆらめき出る意識と身体の最も深い場所に身をおきつつ、人間と世界と宇宙の全体を根源的に生きる人のこと」だというのである。

『魂の風景』と題する日野の自選エッセイ集がある。デビュー当時、出版社に掲載を断られた原稿をはじめ、晩年までの作品が連なる自選散文集である。散文は日野にとって特別な形式だった。この散文集は、書き続けるうちに小説とエッセイの区別を認めなくなったという作者には、特別な著作だったに違いない。

この一冊の後半に収められた複数の作品には井筒俊彦の名前が散見される。彼はそこで井筒が訳した『コーラン』の言葉に寄り添いながら「存在」の闇と夜の霊性を語り、ときにスフラワルディの哲学に導かれながら遍在する光を論じた。多くの人々は井筒の著作に神秘哲学の位相をかいま見たが、日野はそれを、文字通り「経験」している。

「断崖にゆらめく白い掌の群れ」と題する一文で、意識と意味が混じり合う世界を描き出している箇所は凄まじい。「意識してはいないのに幻覚が出現するときは、体の奥深くで何かがかすかに動く体感があった」と述べたあと、彼はこう続けた。

「それは意味ともイメージとも区別できぬ、意味とイメージの両方を兼ねたもの、というよりは意味がイメージであり、イメージが意味であるようなひどく原初的な作用だった感覚がある」。ここでの「意味」はすでに確かな「本質」の姿をまとってはいない。うごめく生命として存在している。小林がベルクソンの思考の多層性を指摘し、「接触」の真実を論じていた先の一文を思い出す。

書き手になった最初から日野は小説家だったわけではない。この人物は最初、批評集『存在の芸術』（一九六七）をひっさげ、登場した、存在論を根本命題とする批評家だった。この本に、三十歳の彼が書いた、「ゴッホ展をみた。みてよかったと心から思った。複製ではわからなかったゴッホのつまらなさが、よくわかったからだ」という言葉から始まる、「存在芸術への道」と題する作品がある。複製ではわからないつまらなさが、本物を見て確信に変わったというのである。真逆なことを書いたのは小林だった。『ゴッホの手紙』は次の一節から始まる。

先年、上野で読売新聞社主催の泰西名画展覧会が開かれ、それを見に行った時の事であった。折からの遠足日和で、どの部屋も生徒さん達が充満していて、喧噪と埃とで、とても見る事が適わぬ。仕方なく、原色版の複製画を陳列した閑散な広間をぶらついていたところ、ゴッホの画の前に来て、愕然としたのである。それは、麦畑から沢山の烏が飛び立っている画で、彼が自殺する直前に描いた有名な画の見事な複製であった。尤もそんな事は、後で調べた知識であって、その時は、ただ一種異様な画面が突如として現れ、僕は、とうとうその前にしゃがみ込んで了った。

この一節のあと小林は、この絵のなかに自分は旧約聖書の登場人物めいた影が、麦の穂の向こうに消えたのを見たと述べ、この複製画との邂逅が、ほとんど啓示的な出来事だったことをなまなましい筆致で記した。だが日野は、こうした小林の感慨を受け入れない。そればかりか、ゴッホは時代の終焉を告げるのみ、セザンヌは次の時代の黎明の象徴だと語った。

また、小林がゴッホを愛したのは、「小林秀雄も結局、感動的な、ひとつの時代の終りの道標でしかない」からだとさえ書いた。セザンヌは現象を突きぬけ、存在の深みへと進む。ゴッホはその手前で終わった。小林も然りだというのだろう。小林を批判したほとんどの者はこの批評家が生きていた世界に降りて来ることはなく、それを恐る恐る眺めていたに過ぎないが、日野は違った。

絵を論じる小林の言葉を前に、存在論の探究の不徹底を指摘する視座は興味深い。小林秀雄を批判した多くの論者はその語り口を揶揄したり、学問的視点からの不精確さを指摘するのに過ぎなかったなかで日野は、その形而上的態度ともいうべきものを批判する。こうした冷徹な言葉は同質の地平に立った者からでなくては発せられない。

十年後、日野は「小林秀雄のドストエフスキー」（一九六九）と題する一文を書いている。それは、小林秀雄とドストエフスキーをめぐる、数多ある批評のなかでもっとも優れた作品の一つだろう。批評家日野啓三、最後の時期に書かれた作品であることも注目してよい。最後の批評集は、その前年に刊行されている。そこで日野は小林の「眼」を論じた。

戦争を間にはさんで、小林秀雄のドストエフスキー論は大きく変わったと日野はこの作品で指摘する。かつて、批評家が描き出したロシアの作家は、「人間観察」「人間洞察」の達人だった。さらにその作家を「だし」にして小林も自身の眼力を誇るようなことがあったが、今は違う。戦前の小林のドストエフスキー論における視座は、肉眼を越えてはいるが、まだ物質界の扉を突破できていない。「下界」が描かれるときも、「個々の存在事物の差異が問題となっており、その差異を眺め下ろす超越的な高みの視点からの「観察」の効果が信じられていて、存在事物の全体を含んで存在そのものの運命が自覚的に問題にされるまでに至っていない」と書いたのだった。

無数にいる存在者の個々の分別は語られているが、すべての存在者が一者につながっているという存在の秘義、華厳経が説く事事無礙の法界に至っていないというのだろう。難解な文章だが、指摘は鋭い。このとき、小林は、存在者のあいだに彷徨って、「存在」を見失っていると日野はいうが、同じ不満が、井筒から発せられても驚かない。

仏教は「眼」を五つに分けた。肉眼、天眼、慧眼、法眼、仏眼を人間は持つ。日野は自作でこの五眼に直接言及していない。しかし「天眼」と書き、仏教の世界観に依拠しながら小林を論じる日野に、五眼の差異は明らかだったろう。仏道とはこの眼を一つ一つ開いてゆく霊的道程だといえる。

「ドストエフスキイのこと」（一九四六）と題する作品で小林は鈴木大拙にふれながら、禅的世界とドストエフスキーの共振を示そうとしている。そこで小林は優れたドストエフスキー論の著者でもあった哲学者ベルジャーエフの言葉を引きながら、「ドストエフスキイは psychologist ではない、pneumatologist だ」と書いた。

心理学者《サイコロジスト》ではなく、聖霊論者《ニューマトロジスト》だというのである。pneuma（プネウマ）は、ギリシア語で風、あるいは息吹きを意味する。風は、神の息吹き。この一語はのちにキリスト教世界では聖霊の意において用いられた。「天上大風」と良寛がいう時の「風」、イブン・アラビーの「慈愛の息吹き」と同義だ。このとき小林にとってドストエフスキーは、人間の意識の底までを見据えようとした作家であるだけでなく、その奥にある扉を開いて人間界と超越界をつなぐ媒介者になっている。

日野が、これまでとは違うと指摘した小林のドストエフスキー論「『罪と罰』についてⅡ」（一九四八）は、「ドストエフスキイのこと」の翌々年に発表された。

観察する「眼」は消え、「夢と現実、主体と対象の境界が溶け」、一つの「場」が現成したと日野は書いている。しかし、小林は「大疑」、「悟前一歩」の状態で、「個物が再びそして新しい相で生き生きと現成するまでには至っていないのではないか」と述べるのも忘れない。「悟前一歩」とは、「存在」の手前ということだろう。日野は、小林は結局、ドストエフスキーと別のところに逢着したのではないかと語り、「問題がここまでくると、それはもはや小林秀雄個人の問題よりも、広く東洋的な存在論の問題かもしれない」という。「東洋的な存在論」という主題は、そのままのちに書いた本人に帰ってくる。現代日本で井筒ほどこの問題に向き合った哲学者はほかにいただろうか。日野が井筒に会うのは必然の道行きだったのである。

グレアム・グリーンは遠藤周作を、現代で最も重要な小説家の一人だといった。だが、遠藤の書き手としての本格的な文学的出発が小説ではなく、批評だったことはもっと論じられてよい。むしろ、彼の小説を生かしているのはその批評眼だともいえるからだ。

フランス留学のさなかに起こった、敬愛する作家原民喜の死を経て、彼は小説を書き始めたが、それまで彼は自身を批評家だと思っていただろう。その批評は、重要な問いかけを含んでいる。生涯を通じて遠藤は多くのエッセイを書いた。いわゆる読み物として、小説に隠れるように書き続けられた作品群には、作家の批評精神が生きていて、小説から逸脱する命題がいくつも投じられている。ことに晩年のエッセイは、「宗教的」だと認識され続けた彼の文学が、キリスト教を礎に、霊性的成熟と変容を遂げつつあることを鮮明に告げている。

「唐突な話だが山本健吉氏の『正宗白鳥――その底にあるもの』（一九七五）を小林秀雄氏はきっと読んだに違いないと思う。しかしその読後感を一行も書いていないのが残念でならない」との一節で始まる、遠藤の「小林秀雄氏の絶筆」というエッセイがある。確かに唐突だが、内容は頷ける。山本健吉の『正宗白鳥』に関して、遠藤は小林と言葉を交わしたわけではない。小林の遺作に親しむうちに、彼の思いは確信へと変わっていったに違いない。

死の床で、ひと度は「棄教」したといって憚らなかったキリスト教へ正宗白鳥が「復帰」したという知らせは、驚嘆をもって迎えられ、物議を醸した。作家の理性と知性の衰退をいい、怜悧な作家も零落したという者、信仰の復活、最後の回心をいう者、離反の事実は表層の出来事に過ぎないと若き日の「棄教」を否定する者、まさに百家争鳴だった。

こうした状況のなかで山本は、作家の死に、執拗なまでに関心を払い、ついに『正宗白鳥』の一巻に結実させた。作家の死後七年後に始められ、最終回まで、四年の歳月が流れていることに鑑みても、批評家の熱情が尋常でないことは明らかだ。

遠藤と山本の交流は生涯を通じ、互いに敬愛と深い関心を持ち続けた。二人は、正宗白鳥の死をめぐって、再三論議を深めている。話し合われたのは、「信ずることと知ること」の間に横たわる不可逆性にほかならない。遠藤と山本は同窓で『三田文学』とその周辺で親交を深め、ついに互いの根本命題においても交わった。生涯を通して、というのは誇張ではない。一九八八年の山本の死後もといっていい。遠藤が小林の絶筆に発見するのも、同根の問いだ。

「山本氏とおなじように、小林氏は白鳥の意識の声ではなく、無意識の声を問題にしようとしていたのだ。白鳥のペシミスティックな人生論や人間論という思想ではなく、その底にかくれていた深層を問題にしようとしていたのだ。白鳥の心の声ではなく、魂の声を問題にしていたのだ」（「小林秀雄氏の絶筆」）と遠藤はいう。

生前、日本では正当に評価されているとは言い難かった状況を憂いてだったのか、井筒を改めて「世界に誇るべき大学者」といい、敬愛の念を隠さなかったのも遠藤だった。その存在は、ユング、エリアーデ、アンリ・コルバンといった世界的な叡知と同列に認識されるべきだというのだろう。

題名が『私の愛した小説』（一九八五）に変更されたこともあって、作家が愛したフランソワ・モーリアックの『テレーズ・デスケルー』論のように見える長編エッセイも、連載時には「宗教と文学の谷間で」と題されていた。内実は旧題に近い。そこで彼は小林の遺作と共に井筒を論じた。

この本を書いていたころ遠藤は、ユングに烈しいといってよい関心を抱いていた。無意識の問題が、作家としての彼に新たな扉を開いたこともあった。井筒の『コーランを読む』に導かれながら、彼が論じたのも、ユングの元型論だった。

もちろん彼は、ユングによって無意識を知ったのではない。無意識の作家というべきモーリアックやベルナノスとの出会いは、フランス留学時代にさかのぼる。しかし、心理学者というよりは神秘思想家というべきユングとの関係は、青春に出会った彼ら二人のフランス・カトリック作家とは別なかたちで遠藤に決定的な影響をもたらした。無意識界は自己と超越をつなぐだけでなく、異なる時代、異なる文化、異なる霊性との間を結び、また生者と死者の間さえつなぐことを教えたのである。

まず、無意識への扉は、フロイトによって開かれた。ユングにとっても例外ではない。しかし、扉の先に見た風景は、二人に違った現存として現れた。フロイトは、精神分析を「学問」、すなわち「科学」として成立させることを理想としたが、その代償に、神秘と心理の謎を追求することを諦めた「振り」をしなくてはならなかった。ユングは、そこに異論を唱える。霊性に留まらない。彼は、深層心理学と異界との関係すら考えた。

『自伝』を読むと、ユングの元型論は、理論的帰結ではなく、小林のランボーとの邂逅や、ベルクソン論にある蛍の話を思わせるような、徹底的な経験的出来事の果実だったことが分かる。

集合的無意識という概念ほど、誤解にさらされてきたものはないと断りつつ、ユングは、『元型論』をその定義から始めた。「集合的無意識とは心全体の中で、個人的体験に由来するのでなくしたがって個人的に獲得されたものではないという否定の形で、個人的無意識から区別されうる部分のことである」（『元型論』林道義訳）。個人的無意識が忘却と抑圧のために姿を隠しているのに対して、集合的無意識は、個人的に獲得されたものではなく、もっぱら「遺伝」によって存在している。ユングがいう「遺伝」は、もちろん生理学的なそれではない。小林のいう歴史による「遺伝」、井筒のいう「カルマ」だ。

元型と命名すべき普遍的実在を想起することなくして、『コーラン』成立の秘密に接近することは出来ないという井筒の省察に助けられながら遠藤は、文学における元型論とその秘義を論じる。元型は現象を分類する方法ではない。魂が霊へと変貌する経路である。求道は魂の道程だが、救済は霊の問題だ。霊は魂の外にあるのではない。それを包む。

遠藤にとって「最後」の作品となった『深い河』は、欠点が多い、そういっても、大きな間違いを冒しているとは思わない。しかし、なぜかこの作品は人の心を強く打つ。私たちの意識が感じる場所ではほころびの多い作品なのかも知れないが、霊性で読みとくところでは言語と異なる秩序において、ある完成を遂げているのかも知れない。遠藤周作の境涯は、人生を賭けなくてはならない、無意識との格闘と共に深まっていった。しかし、最晩年はどうだろう。その日々は「宗教と文学の谷間で」、何に捧げられていたのだろう。心理の問題では、もちろんない。無意識を超え、霊性の領域へ、救済の問題だけを論じたのではなかったか。そうでなければ作家は、身を削って作品を書く必要はなかった。

ここでいう救済とは、特定の宗教による罪の赦しとはほとんど関係がない。それは宗派的な事象ではなく、それを超えたところにだけ起こる出来事であり、個から他者へ、生者の世界から死者たちの世界を含む彼方の世界に私たちを導くのである。

『深い河』と『沈黙』を棺に入れて欲しいと遠藤は語ったというが、『沈黙』のときも彼の真実はいつも欠点の奥にあった。小説家としての力量を語るなら、別の作品を論じればいい。『深い河』には、没後発表された「創作日記」が残っていて、病に冒され手術を繰り返し、満身創痍の小説家がまるで遺言を書くように言葉を紡ぎだした事実を確認することができる。彼の眼目は書き上げることにあった。自身の生涯を通じて考え続けたいくつかの問題を問うことができれば、それでよかったのである。だからこそ、この作品は、処女作のような荒々しさと新鮮さを保ち、書き上げられた後も、変化する可能性を指し示しているのかも知れない。

書き上げられた小説が深化する可能性はある。作品はいつも読者と共にあるからだ。むしろ、書かれた言葉は読まれることによってのみ完成する。読むことは言葉を魂のなかでコトバに昇華させることにほかならない。そのコトバの経験を他者と分かち合うために人は書くのである。遠藤は井筒の著作に出会ったことを「いいようのない衝撃」と述べ、一神教と多神教の狭間に生きることを境涯とした「自分の探している鍵をそこに見出したような気持だった」(「井筒俊彦先生を悼む」)といった。

彼は小林をめぐっても同質の発言を残している。『本居宣長』において提示された信と知をめぐる主題は、絶筆「正宗白鳥の作について」をも貫いていると語った。遠藤は最後まで、幾度となく、それも特別の愛着をもって小林の最後の作品に論及した。「私の感謝」と題する小林への追悼文で遠藤は、この批評家の営みは畢竟、「言語アラヤ識」の世界を歩くことだったといい、次のように書いた。

言霊の働きはやがて人間の言葉をこえたものを目指す。仏教の唯識論の言葉でいえば言語的な阿頼耶識にぶつかるのだ。私は言語的阿頼耶識をあの「本居宣長」に感じ、今後の小林さんがその信じる認識をどの方向におむけになるか、心待ちに待っていたのである。

『意識と本質』の読者である彼はもちろん「言語アラヤ識」の一語が井筒独自の術語であることを知っている。同時代における小林の高次な理解者たり得た人物の一人に井筒がいることを遠藤は暗示している。

十　それぞれの晩年

逝去がどう報じられるかで人物の価値が決定されるわけではないとはいえ、一九九三年に井筒俊彦が亡くなったときは驚いた。この人物の死を相応のかたちで取り扱った新聞はなかった。その五年前、大岡昇平が逝ったとき、この作家と昭和天皇との関係もあったのだろうが、どのメディアも大きく「昭和の作家」の終焉を報じた。それに比べ、井筒の死をめぐる世間の反応があまりに冷淡に見えた。私一個の感想ではないらしい。遠藤周作がやはり、その死を前にした日本人の態度に、やる方ない憤りを覚えたと書いている。

一九九二年、三回に亙って雑誌『中央公論』に連載された『意識の形而上学』が井筒俊彦最後の作品になった。副題は「『大乗起信論』の哲学」と題されている。『大乗起信論』は、インドの馬鳴菩薩の書として伝わっているが、実は誰が書いたか分からない。「出所不明、あるいは出自不確実の、（外見上は）片々たる小冊子」に過ぎないが、「大乗仏教屈指の論書として名声を恣《ほしいまま》にし、六世紀以後の仏教思想史の流れを大きく動かしつつ今日に至った」と井筒は書いている。

この著作は井筒の没後まもなく刊行された。鮮明に覚えている。早速読んで、最後の作品になったことが妙に合点された。膨大な知識を礎に、精緻な分析とダイナミックな統合をはかる道程は変わらないが、神秘哲学者の魂はすでに、次の階段を昇り始めているように思えた。次に引くのはほとんど最後の一文である。井筒の論述なのか。それとも辞世なのか、ほとんど判別がつかない。少し長くなるがお付き合いいただきたい。大哲学者の最後の言葉である。すこし立ち止まってもいいだろう。

> だが、それにしても、実に長く険しい道のりだ、「究竟覚」を達成するということは。『起信論』の語る「究竟覚」の意味での「悟り」を達成するためには、人は己れ自身の一生だけでなく、それに先行する数百年はおろか、数千年に亙って重層的に積み重ねられてきた無量無数の意味分節のカルマを払い捨てなければならず、そしてそれは一挙に出来ることではないからである。
>
> 　かくて、一切のカルマを棄却し、それ以前の本源的境位に帰りつくためには、人は生あるかぎり、繰り返し繰り返し、「不覚」から「覚」に戻っていかなくてはならない。「悟り」はただ一回だけの事件ではないのだ。「不覚」から「覚」へ、「覚」から「不覚」へ、そしてまた新しく「不覚」から「覚」へ……。

「究竟覚」という宗教的・倫理的理念に目覚めた個的実存は、こうして「不覚」と「覚」との不断の交替が作り出す実存意識フィールドの円環運動に巻き込まれていく。

この実存的円環行程こそ、いわゆる「輪廻転生」ということの、哲学的意味の深層なのではなかろうか、と思う。


『意識の形而上学』には、「東洋哲学 覚書 その一」という副題がある通り、その二、その三と続く計画があった。本の終わりには、井筒豊子の覚書が付されていて、哲学者が、その後の展開を、編集者に語ったメモが記されている。

それによれば「言語阿頼耶識(唯識哲学の言語哲学的可能性を探る)、華厳哲学、天台哲学、イスラームの照明哲学(スフラワルディー・光の形而上学)、プラトニズム、老荘・儒教、真言哲学」と試みは展開するはずだった。井筒俊彦の読者であれば、ここに挙げられた命題はすべて、彼によって、すでに論じられてきたことを知っている。

第二部の最初を書き始めたときだった。規則正しく昼夜逆転の生活をしていた哲学者は、いつも通り、朝七時に床に入り、九時過ぎに意識を失い、「彼の現意識《うつつ》はそのまま回復することはなかった」。

「(例によって)」、と彼女は書いている。「最初のページの言葉が押えきれない程の力で彼の意識《こころ》に思い浮び、……かつは消えかつは結ぶうたかたのコトバの流れを作りつつあったとき、一瞬の衝撃と共に彼は現意識《うつつ》を失った」。「……」と書いたのは豊子である。おそらく、井筒俊彦の断簡零墨を含む、発表されたすべての作品を読んだ人物が二人いる。書いた本人と妻井筒豊子だ。この一文は、最良の読者が書き得た批評として注目に値する。

井筒俊彦の読者は、作品を問わず、最初のページには異界からの介入を彷彿させる、特異な感覚を呼び覚ます一文があるのを知っている。それらは彼の言葉であるより、普遍者が井筒俊彦という個性を通じて自身を語る趣すらある。このとき書くことは人間にとって、ほとんど行に等しい。ここに彼を学究的哲学者から「求道的哲学者」へと変貌させた秘密がある。そのとき、哲学者はいつも、修道者が経験する、ある出来事を経ていたに違いない。

プロティノスの時代、プラトンの誕生を祝う祭儀があった。それは井筒がいうように密儀宗教の香りを放つ出来事だったのだろう。そこで「聖なる結婚」と題された詩を、弟子のポルピュリオスが読んだことがあった。この人物はのちに師の伝記を書くことになる。このときの出来事もその本のなかに記されている。

このときの言葉は秘教的内容を蔵し、神懸った人間の言葉をもって語られた。民衆は、朗読者を狂者だといい、騒ぎ出した。その時、師プロティノスは、皆に聞こえるような大きな声でこういった。君は、自身が詩人、哲学者であり、また、秘儀参入者であることすらあらわにした。その言葉は、『神秘哲学』の作者にふさわしい。

それは突如としておとずれた取り返しのつかない挫折、断絶だったのだろうか、私はそうは思わない。論文・著作という外的完成ではなく、次元的にそれに先行する地平、つまり実存的意識地平内に、内的にふと生起する一瞬の無空間的・無時間的な、意味事態磁場《フィールド》こそが、求道的哲学者であった彼自身にとっては少くとも、より真正で、より如実で、よりポジティヴであっただろうから。

それ以上彼にとって何が必要だったろう。知覚感覚的次元での彼の生命の力動性は、彼の突然の、肉体的な事実上の死、以前に既に、その凝固性を失っていたのではないだろうか。それでも……にもかかわらず……最後まで、彼は哲学的思索の意味磁場《テクスト》を紡ぎ出し織り出し続けていた……尽瘁するまで。（井筒豊子「『意識の形而上学』あとがきに代えて」）

確かに井筒の魂は、「肉体的な事実上の死、以前に既に、その凝固性を失っていた」。小林は、ランボーが詩を棄てた原因を、「面倒になった」からだといった。哲学者の言葉は、すでに理知と直観と熱情を論理に組み替えるという営みが「面倒」になっていた。哲学者のなかで熟していった存在への深い理解と「信仰」は、すでに此界での反響を期待していなかったのかもしれない。「身を俗事に挺して世人のために尽瘁することによってのみ、プラトン的哲人の人格は完成する」と『神秘哲学』にある。神秘道を進み、秘義を知ったとて、それが世人に益することがなければ、何の意味があろうか。「個人の魂が救済されても、ただそれだけに止ることは無意味であり、個人的救済の余徳は万人にわかたれて、全人類的救済に窮極するまではけっして止ってはならない」。プラトンの神秘哲学を論じる井筒の言葉は、そのまま自身の信念となり、境涯を形成し、生涯を貫いたといっていい。『意識の形而上学』は、井筒の作品中、もっとも優れた著述として残るものではないだろう。しかし、それは愛すべき作品である。小林秀雄の遺作「正宗白鳥の作について」（一九八一）もまた。

正宗白鳥の故郷、岡山での講演「正宗白鳥の精神」が行われなければ、小林の遺作は生まれなかった。録音が残っている。そこで小林は、白鳥をもっとも真摯な影響を受けた人物として紹介し、有名なトルストイ論争をはじめ、この作家との間に育まれた、人生の出来事を語った。講演は、白鳥のことを語っていたが、ひと度、文章になると、白鳥が論じられるのは前半だけで、途中から登場するのは、島崎藤村、内村鑑三、河上徹太郎、彼が愛読していたリットン・ストレイチイ、フロイト、そしてユングだった。

ある講演で小林は、本居宣長を「宣長さん」と愛情を込めて呼んでいる。宣長の没後百年に当たる年に小林は生まれた。二人の間に時空の隔りは感じられない。岡山の講演では、正宗白鳥を「正宗さん」、と呼び、気が付くと、彼は作家を幾度となく「先生」と呼んでいた。

「正宗白鳥の作について」は、『本居宣長』に比べ、補足的な作品のように扱われてきたことは否めない。神秘家の円熟を鮮明に表しているこの作品に、晩年の零落を見る者もいる。小林の境涯を論じようとする者は、この作品を素通りしてはならない。論じようとせずとも、小林の秘密をかいま見ようとする者は、遺作の前に踏み止まらなくてはならない。扉を開ける鍵が一つ、隠されているからだ。

この文章は、講演の速記を土台として作ったものであるから、引用が多くなる。だが、引用文はすべて私が熟読し沈黙したものである事に留意されたい。批評は原文を熟読し沈黙するに極まる。作品が優秀でさえあれば、必ずそうなる。(「正宗白鳥の作について」)

水墨画で描き出されるのは事物ではなく、余白だという思想に似ている。それは、人生が描き出すのは、その人の祈願ではなく、超越者の働きであるという、東西を問わない神秘家の正統に連なる。この言葉が、批評家の最晩年に発せられたことに留意しなくてはならない。そこに見るのは、そう在りたいと願う者の言葉ではなく、そう在る以外に道はなかったという行為者の告白だ。

批評は、熟読と沈黙を経て、ついに引用と化すと小林がいうように、画家は絵をもって、音楽家は曲を、作家は小説を、詩人は詩を、求道者は行を、実業家はその生業をもって、普遍者が発する、沈黙の声の証言者たらんとする。小林が、歴史とは、学者の頭脳に映ずるものではなく、子を亡くした母親に現存する出来事であるというのも、ここに連なる思想ではなかったか。小林の絶筆は、文字通り、絶えるようにして終わっている。「心の現実に常にまつわる説明し難い要素は謎や神秘のままにとどめ置くのが賢明」。

ユングの秘書であり、『自伝』の編纂者、アニエラ・ヤッフェの言葉だ。それは、文字通り、生きたユングに随伴し、ついに逢着した事実であり、ヤッフェが自らに課した信条でもあった。小林の回顧展で、遺作の肉筆を見たことがある。これが最後の言葉だというのは、小さな偶然のようにも思える。丁度原稿用紙のマス目が尽き、次の機会がなかっただけなのかもしれない。しかし、それはユングのいう「意味ある偶然」だったかも知れない。

刊行は没後という条件で、ユングはヤッフェに自らの生涯を語り始めた。小林は遺作の最後で、この『自伝』に記録された、フロイトとの訣別が決定的になった、ユングがいう「神秘的現象」――小林は「奇怪な事」といっている――にふれている。ユングを小林が本格的に論じたのは、遺作が初めてではない。それは、連載時の『本居宣長』にもあった。

ユングが、狭隘な神秘主義者ではないように、フロイトは、ユングとの比較でいわれているような、狭義な合理主義者ではない。「天上の神々を動かし得ざりせば、冥界を動かさむ」とのウェルギリウスの言葉をフロイトは『夢判断』の扉に刻んだ。『神曲』でダンテを導いた、冥界の案内者だ。

フロイトが現代によみがえらせたのは「無意識」という抑圧された心理ではない。むしろ、無意識という言葉では決して把捉し得ない何かだ。それをウェルギリウスは冥界といった。比喩ではない。詩人が生きた時代に冥界は、信じられ、現存するもう一つの世界だった。先の言葉は、格言にもなっていて、万難を排してでもやり遂げる、ということを意味するらしいが、無難な解釈は不要なだけでなく意味も希薄だ。古代ローマの詩人とそれを引いた精神分析学者、双方の「夢」を打ち砕くことになる。

精神分析学を、今日でいう社会科学として確立させようという創始者の試みには、並々ならぬ情熱があった。ユングはそれに異論を唱えたのではない。科学として自立すると同時に、歴史との和解を訴えただけだ。それはユングの学説というよりは確信だったろう。彼は、フロイトが通り過ぎたところを埋めるように、宗教と民族の伝統を窓に、「集合的無意識」への通路を探ろうとした。ユングの読者には彼を理解する始点となる有名な出来事、「奇怪な事」の風景を、小林秀雄の遺作を通じて見てみよう。無意識をめぐるフロイトとユングの学説の違いは、無意識という「冥界」の発見に比べれば取るに足りないと小林はいう。

まるで私〔ユング〕の横隔膜が鉄で出来ていて、赤熱状態——照り輝く丸天井——になって来るようであった。その瞬間、我々の直ぐ右隣りの本箱の中でとても大きな爆音がしたので、二人とも、物が我々の上に転がり落ちて来はしないかと恐れ乍ら、驚き、慌てて立ち上った。私はフロイトに言った。『まさに、これがいわゆる媒体による外在化現象の一例です』彼は叫んだ。『全くの戯言だ』私は答えた。『いや違います。先生、あなたは間違っていらっしゃる。私の言うのが正しいのを証明する為に、しばらくすると、もう一度あんな大きな音がすると予言して置きます』果して、私がそう言うが早いか、全く同じ爆音が本棚の中で起った。

この出来事は小林がいうように、「奇怪」だ。異常さに目を奪われてはならない。前兆と啓示は別だ。真実は奥に隠れている。雷鳴に驚く者は、雷神に気がつかない。超常現象が小林の関心事ではなかった。問題は、この引用に続く一文にある。

今日に至るまで、私は何が私にこの確信を与えてくれたのか知らない。しかし、爆音がもう一度するだろうという事を、疑う余地なく知っていたのである。フロイトは、ただ呆気《あっけ》にとられて、私を見つめるばかりであった。私は彼が何を考えていたのか、或いは彼の視線が何を意味していたのか知らない。とにかくこの出来事が、彼の私への不信を引起し、私は私で彼に逆らって何かをして了ったという感情を抱いたのである。私はその後一度も彼とこの出来事について話しはしなかった。一九〇九年という年は、私たちの関係にとって決定的であることが解った。

「疑う余地なく知っていた」、とユングは書いている。ユングに明示されていたのは、二度目の爆音ではなく、王国からの離脱だった。直後ではなかったにせよ、しばらくすると、ユングは神秘論者だという符号《レッテル》と共に、フロイト派から追われることになる。古代ギリシアの陶片追放を思わせる、文字通りの王国からの追放劇だった。追放者は、かつて、「王国」の統治者フロイトから、皇太子とまで呼ばれていた。

ユングに、「確信」をもたらしたものは何か。その者は誰か。自分は今もそれを知らないと「冥界」の探求者は、最晩年にいうが、どうだろう。ユングの映像が残っている。死の十八ヶ月前に行われた有名なイギリス国営放送ＢＢＣのインタビューで、神を信じるかと聞かれた彼は、信じるとはいわずに、ためらいがちに、口ごもりながら、"I know"――私は知っている――と答えた。

ユングは、同じインタビューで、自分がいう心理学は、心を解析する「技術」ではない。古代ギリシアにあった哲学に似ているといった。ユングの思想は、もともと心理学の範疇に収まるものではなかった。しかし、あらゆる偉大な思想の末路と同じく、影響の領域が広く、深い分だけ、悲劇にも近い。

ユンギアンという「信徒」が生まれ、追放者は「教祖」になった。その時、思想はドグマへと変じた。ドグマは、単に教条を意味するに留まらない。時代を思想に合わせようとする無謀な試みのことだ。ここにいう時代とは、世相を意味しない。不可逆な時を、懸命に生きる、血を通わせる人間の謂いだ。マルクス＝ヘーゲル主義の終焉において、初めてマルクスを読み得る時代に入った、と柄谷行人はいう。ユングを読みうる時代《とき》は到来したのだろうか。

ある日、鈴木大拙がユング研究所に創設者を訪ねた。その時の様子を岡村美穂子が対談「生死の陰影」で語っている。ユングの鍵概念の一つ「集合的無意識」(collective unconsciousness) は、鈴木大拙の言葉でいえば、精神の終点であり、霊性の入口、普遍的意識の場ということになる。彼はアラヤ識との類比も感じていたに違いない。

対話が始まると大拙は、ユングにいった。「なぜ、『cosmic unconsciousness』といわないのか」。大拙はここで、空間的な宇宙を語ったわけでも、あるいは貧しい意味での「精神世界」で流通しているような空想的異境として「宇宙」を語ったのでもなかった。大拙が「霊性的世界」と呼ぶ境域のことだろう。だがユングには大拙の真意は届かなかったようで、大拙に「私は科学者ですから」と、応じたという。面会はそこで終わったに等しかった、そう岡村は書いている。帰り道、大拙は彼女にむかって言った。"He limits himself."

十五歳のとき、岡村は縁あって、ニューヨークにいた大拙に出会う。彼女はのちに禅者の秘書になる。最期を看取ったのも彼女だ。大拙翁はまるで、孫のように彼女を労わり、育んだ。二人は日常、英語で話していた。その人柄を表すように彼女は先の一節を「彼は自分の限界を決めつけている」と穏便な表現に置き換えているが、そのときの語気は記憶しているだろう。その場に居合わすことができたなら、まったく違う声を聴いたに違いない。「小さくまとまりおって……」、私ならそう訳したい。

大拙ほど烈しくはなかったとしても、ユングをめぐる同様の感慨は井筒にもあったように感じられる。井筒は、「無」の意識を語ることはあっても、無意識とはいわない。かわりに彼は深層意識という。イスラーム神秘哲学の伝統では、意識が無へと降下する道を「ファナー」といい、再び無から立ち上がってくる道程を「バカー」という。東洋の伝統に、静止図のごとく停滞する意識は、存在し得ない。意識は、存在の形姿に直結する。無へと向かう、向上道。無の高みから現実界へと戻る向下道。「ファナー」と「バカー」は意識論に留まらない。そのまま存在の道でもある。

「意識のあり方が事物のあり方と一致する」（『イスラーム哲学の原像』）と井筒は書いている。神秘を追いかけることしか眼中にない、「下界」に棲めない人間は、神秘主義者に留まる。神秘主義に限定されない。主義者はいつまでも自分の周辺をめぐるに忙しい。関心はいつまでも自分を出ることがない。神秘家は全く次元を異にする。彼は、自らを世界に擲《なげう》つ。

大拙に再びふれるのは、ユングとの決裂を紹介したかったからでもあるが、井筒と同じく、彼も『大乗起信論』に深く親しんだからでもある。一九〇〇年、アメリカに渡った、三十歳の鈴木大拙はそれを英訳している。彼は、仏教の精髄はこの一書にあるとすらいった。『大乗起信論』が秀逸な哲学書に過ぎないとしたら、歴史は、この小冊子を現在まで運びはしなかっただろう。その始めには、書かれた所以が記されている。そこに発見するのは、透徹した思想の展開ではない。作者の万人救済への切なる祈願だ。作者は井筒が『神秘哲学』で描き出したアリストテレスのように、最深部における哲学的思惟は、信仰者の祈禱に等しいという秘義を知っていた。

cosmic unconsciousness の訳語を鈴木大拙に請えば、『大乗起信論』から一語を導き、迷わず「衆生心」だといっただろう。「衆生」を今日的に表現すれば、超個ということになる。さらに『大乗起信論』の作者は、意識と存在の合一たる「美しい花」を、こう表現している。「心真如」。心は意識の、真如は存在者の総体。間髪入れず、両者は一体をなす。井筒は『意識の形而上学』で、仏教哲学の精髄を頼りに、「心真如」の実相を論じたのだった。

言うまでもなく、この種の間文化意味論の試みには、それがただ単発的に行われるだけでは、大した効果は望めないであろう。だがいつの日か、同様の試みが、もし巨大な規模で、自覚的・方法論的に行われることになれば、我々の言語アラヤ識は実に注目すべき汎文化性を帯びるに至るであろう。その昔、古代中国において、おびただしい数の仏教の経典や論書が組織的に漢訳された時、古典中国語に生起した間文化意味論的事態のように。またイスラーム文化史の初期、アッバース朝の最盛期、ギリシア哲学の基本的典籍が、大規模な組織でアラビア語に翻訳された時に、同じく古典アラビア語に生じた間文化意味論性のように……。

ここまで書いて来て、まったく同じ文章を池田晶子が引用しているのを見つけた。彼女も、二人――小林秀雄と井筒俊彦――に大きく動かされた人物だった。彼女の小林秀雄へのオマージュはよく知られている。だが、井筒を知った衝撃は、小林との邂逅に、決して劣るものではなかった。

「信仰をもたない私は、こんなこの世に在ってしまったそのことだけで、潰《つい》えかかる夜がある」と書いた彼女は、「私たちの知性は、その高潔さによって、あんなにも遠く高く行けるものであることを、私は井筒氏に教わったような気がするのです。信仰なき身として、これ以上の救いはなかったと、深く感謝致します」(『意識と本質』を読む」)と続けた。これほどの讃辞があるだろうか。「情熱の形而上学」、古代ギリシアの巫女に自らをなぞらえた彼女が、もう一つの井筒俊彦論(『意識の形而上学』中公文庫版解説)に付した題名である。井筒の境涯を表現するにふさわしい。

「文化」は、井筒俊彦の哲学を読むときの最重要な鍵言語の一つである。井筒が書いたように言語アラヤ識が「実に注目すべき汎文化性を帯びる」時代に今、私たちはいる。この平易な一語の実相を見極めることに井筒は、現代における哲学の使命を感じていた。「文化」には時間的、空間的事象が包含される。歴史と未来、そして宗教、言語、芸術、習慣、精神、霊性、技術それらを根底から生かす働きを井筒は「文化」と呼んだ。また井筒は、記号論の術語を応用して「文化的普遍者」と書くこともあった。「文化」を「普遍者」と呼ぶことで彼は、「文化」が一つの意志を持つもの、躍動する実在であることを表現しようとする。「文化」を彼は、けっして止まることのない生けるものとして認識している。人間が「文化」を作るのではない。「文化」が人間を作る。それが井筒の「文化」観だった。一九七九年、井筒が日本に帰国するきっかけになったイラン革命とはシーア派イスラームの霊性の復活を試みた、苛烈なまでの「文化」的衝動だったといってよい。

一つの地理的領域に、あるいは特定の精神的な境域に、複数の、異なる文化が容易に抗しきれないエネルギーを持ったまま混じり合う。集結した文化を十分に統合、制御する叡知の働きがないために、人はしばしば争いを起こしてきた。これまで人類は、紛争や衝突を解決しようとして幾度となく対話の重要性を説き、また、対話を繰り返してきた。しかし、人は一向に争うことを止めない。

対話の彼方に何かがある、そう私たちは信じてきた。しかし、本当に求められているのは対話の向こうに新しい知見を見出すことではなく、「彼方での対話」（「対話と非対話」）を試みることではないのかと井筒はいう。

無数に存在する文化的現象は、明確な違いの顕われであると同時に、すべての差異を包括する大いなる者の存在を想起させる。諸宗教の存在は、母なる一つの原宗教と呼ぶべき何ものかがあることを思わせる。

宗派、教典、歴史の差異をすべて飲み込みながら存在する原宗教はすでに、私たちが知っている「宗教」の姿をしてはいないだろう。彼方なる世界にそれらを見出そうとする不断の営み、それが井筒俊彦にとっての哲学だった。哲学は、平和の実現において固有の使命を持つ、と井筒は信じ、思索した。彼にとって考え、書くことは、そのまま一つの行動だったのである。

あとがき

書くとは、単に想いを文字にして記録することではない。人は、書くことで自分のなかに何があるのかを知るのではないだろうか。どうしても書くという営みを経なければ、血肉化されないものが私たちのなかにあるように感じられる。

この作品に手を入れながら何度か、他者の言葉にふれているような感覚があった。かつての自分が書いた言葉であるなら、手を入れることにためらいを覚える必要もないはずだが、必ずしもそうはいかない。流れを変えることができないのである。言葉はいつも流れのなかで生きている。流れこそが、言葉の棲家であることを改めて知らされた。

本書の原形である「小林秀雄と井筒俊彦——神秘的人間とその系譜」が、『三田文学』に掲載されたのは二〇〇八年十月（秋号）である。だが、一冊の本として世に送り出そうとしているのは、雑誌発表時のままではなく、一部の章はほとんど書き直し、全体的に手を入れることになった。小林秀雄と井筒俊彦の交点を探すということは、私のなかでは古くからの主題なのだが、やはり現在の私から出た著作なのだろう。

補筆を続けていると、本になるのは今しかないと感じられた。私の最初の著作となった『井筒俊彦　叡知の哲学』（慶應義塾大学出版会、二〇一一）の『三田文学』での雑誌連載は「小林秀雄と井筒俊彦」のあとに始められた。本作を書くことで井筒の輪郭がやっと観えてきたのである。

二〇一五年のはじめから『文學界』で小林秀雄論の連載を続けている。この本が出るころには十章を越えているだろう。井筒俊彦の生涯と思想を書き終え、同質のことを小林秀雄で行いつつある今こそ、本書が書籍という形を帯びるのに、もっとも適している時節であることがはっきりと分かる。もし、小林秀雄論を刊行した後だったら、改めて本書を世に送り出そうとは思わなかっただろう。

この作品を一旦、擱筆したのは二〇〇七年三月である。発表の当てがあったわけでもないが、どうにかして池田晶子に読んで欲しいという思いだけで書き進めていて、終わり近くで池田にふれたとき、インターネットで彼女の死を知った。

もう読んでもらえないと思うとなぜが、もう一度書き始めた。紙に記された文字を池田に読んでもらうことはできないが、別なかたちでなら、言葉を彼女のもとに送り届けられるのではないかと思ったのかもしれない。最初に筆を擱いたときは二百枚程度だったが、終わってみれば三百枚近くになっていた。振り返ってみれば、池田晶子の死を境に、私にとって書くとは、生者にむかって言葉を送り届けることだけではなく、死者にむかっての呼びかけになっていったように思われる。

どうしても彼女に伝えたいと願ったのは、小林秀雄と井筒俊彦をめぐる私の考えではない。越知保夫を池田に紹介したいと思ったのである。本文にも書いたが越知は、「小林秀雄論」をはじめとする秀作を幾つも書きながら、一冊も本を出すことなく、一九六一年に四十九歳で亡くなった。彼が書き記すことができたのは、彼の内に蔵していたものの一部に過ぎない。池田は、小林秀雄を慕っていることを隠さなかった。それればかりか、自分だけが看破している批評家小林秀雄の秘密がある、との自負もあっただろう。同様の思いは越知にもあったのである。

いくつかある批評の眼目の一つに、この世では会うことのできなかった者たちの対面を、時空の制限を突破して実現させることがある。小林秀雄と井筒俊彦、池田晶子と越知保夫、さらにはこの四人が対話し得る地平を浮かび上がらせてみたかった。その輪にときおり、鈴木大拙や吉満義彦が加わる、そんな共時的世界を現出させたかった。同質のことを、「東洋哲学」を射程にしながら、遥かに大きなスケールと深みで試みたのが井筒俊彦の『意識と本質』だった。

はじめて井筒俊彦の著作を手にしたのは、二十歳にならない頃である。カトリックの井上洋治神父の自宅に行き、帰ろうとしたとき、彼が封筒に入った本を手渡してくれた。開けてみると小林秀雄の『常識について』の文庫本が入っていた。表題作である「常識について」は小林の講演録で、もっとも愛読した作品の一つだった。「もう、持っています」と答えると神父は、同じ本は持っているかもしれないが、「この本」は、ないだろうという。最初のページを開けてみると、そこには「小林秀雄」の署名があった。神父は、河上徹太郎が亡くなり、彼の故郷を訪れる機会があった際、小林と同じ電車に乗り、そのときに書いてもらったものだと語った。

一部の人にはよく知られていることだが、ある時期から河上はカトリックに深く親しんでいた。『新聖書講義』をはじめ、キリスト教世界を論じた作品も少なくない。詩人の中原中也をカトリック詩人と呼ぶことに躊躇しなかったことからも河上自身の精神のありようが感じられる。洗礼を受けてはいないが、河上の精神はほとんどカトリックの霊性に満たされていた。生前から井上神父と親交があり、葬儀も井上師によってカトリックの様式で行われた。

この文庫本は君が持っていた方がいい、といいながら、「ところで」、と神父は続けた。「君、井筒俊彦って知っている?」

このときが、井筒俊彦の名前を聞いた最初だった。知りません、と答えると神父は、そこまで小林秀雄を読んでいるならきっと、井筒俊彦の世界にも何かを感じるだろうといい、『意識と本質』と『イスラーム哲学の原像』の二冊を読むことを勧めた。そのまま書店に行き、二冊の本を読んだところから本書は始まっている。

越知保夫の存在を知ったのも、井上神父の精神的自伝『余白の旅』(日本キリスト教団出版局)を読んだことがきっかけだった。「邂逅という言葉には、偶然に、不図出会うということが含まれているると同時に、その偶然に出会ったものが、実は会うべくして会ったものということをも含んでいる」(『詩とデカダンス』)と書いたのは唐木順三だが、越知との出会いを想うたび、この一節が胸に浮び上がる。二〇一四年、井上洋治神父は逝った。神父を知ることがなければこの本はけって生まれることはなかった。師に心からの感謝を送りたい。

小林秀雄の著作を初めて手にしたのは十六歳のときである。この批評家の存在を教えてくれたのは猪又義昭氏だった。彼は、私の郷里で英語塾を営んでいた。そこに私は、中学校の三年間、生徒として通った。高校生になると生徒としてではなく、文学の徒として彼に学んだ。

高校は実家のある街から特急電車で二時間ほど離れた場所にあって、このときから私は一人暮らしを始めていた。当初はテレビもなく、夜は本でも読まなければ時間を持て余すような簡素な生活だった。最初に読んだのは芥川龍之介で、有島武郎、志賀直哉、武者小路実篤と読み進んだ。文学とは紙に記された文字の集合ではなく、目に見えない一つの世界の呼び名であることは、おぼろげながらにも、このときすでに感じていたように思う。

当時は、週末はほとんど実家に帰省した。目的は両親に顔を見せることよりも「猪又先生」に会うことだった。彼と文学の話をするのが無上の愉しみだった。夜、九時ごろ、先生が授業を終えたころに行き、深夜まで話を続けたことも少なくない。

あるとき先生が、小林秀雄をめぐって語り始め、この人は、文学や哲学だけでなく、オリンピックの選手の顔すらも批評するのです、といった。今から思うと、このときが私の批評家としての原点のように思う。

謙遜から先生は、自分は何も教えた覚えはないというかもしれないが、彼の口から語られたさまざまな、そして真摯な言葉は、私にとって、はじめての「生ける文学」の顕われとして経験された。先生は著作を世に問うことで内なる文学を語ろうとはしなかった。だが、越知保夫がそうだったようにその魂には、言語化され得ない生の文学が躍動している。猪又先生は、私がこの世で出会った最初の、文字通りの意味における文学の師である。

編集を担当してくれたのは、『井筒俊彦　叡知の哲学』に続いて慶應義塾大学出版会の片原良子さんである。編集という仕事が高次な力量によって行われるとき、それは見えない文字で「書く」ことの異名になる。それほどに編集の役割と価値は大きい。この本は、その典型である。

また、片田京介氏にも深謝する。彼は本書を草稿から幾度も読み、誤りを指摘し、適切な助言をくれた。二人には感謝を送るだけでなく、こうして一つの仕事を成し遂げることができたことを共に喜びたいと思う。

「小林秀雄と井筒俊彦」は、本になるまでに七年の時間を要したが、雑誌に発表されるまでにも一年以上待たなくてはならなかった。掲載時には二百枚を超えていて、こうした新人の作品を一挙に掲載することが、どれほど難しいことか、『三田文学』の編集長の職に就いてみて深く実感された。掲載を決定してくれたのは、前編集長の加藤宗哉氏である。ここに深謝を捧げたい。彼が認めてくれなかったら、私はこうして書くこともできなかったのである。

最後に、奇妙に思われるかもしれないが、越知保夫に千の感謝を送りたい。私にとって彼は、文学の英雄でもあるが、協同者である。会ったことがないばかりか、私が生まれたのは彼の没後である。見える世界では何ら接点を持たない。

しかし、その一方で、井筒俊彦が『神秘哲学』で叡知界と呼び、小林秀雄が源実朝を論じながら「意味の世界」と呼ぶ死者たちの国にいる彼から助力を受けているのを感じることがある。私にとって書くことは常に、越知保夫の語られざる文学に秘められた未知なる可能性を浮かび上がらせることとつながっている。それを完遂することなどできようはずはないのだが、一歩でも掘り進めることはできるだろうという希望が、批評を書く動機になっていったように思う。それは今も続いている。

本書で私は、越知保夫が何を考えたのかを明示したかったのではない。彼が切り拓いた場所に自分も立ち、また、この本を読んでくれる人たちを、そこに招きたいと願ったのである。

二〇一五年九月十九日　　協同する不可視な隣人たちの恩恵に感謝しつつ

若松　英輔

本書における小林秀雄と井筒俊彦の著作からの引用は、原則として、それぞれ『小林秀雄全作品』（新潮社）、『井筒俊彦全集』（慶應義塾大学出版会）に拠った。引用中の振り仮名は読みやすさを考慮して適宜手を加えた。

著者
若松英輔　Wakamatsu Eisuke
1968年生まれ、慶應義塾大学文学部仏文科卒業。
2007年「越知保夫とその時代　求道の文学」にて第14回三田文学新人賞評論部門当選。
代表著作に、『井筒俊彦　叡知の哲学』（慶應義塾大学出版会、2011年）『魂にふれる』（トランスビュー、2012年）『吉満義彦　詩と天使の形而上学』（岩波書店、2014年）など。

叡知の詩学　小林秀雄と井筒俊彦

2015年10月28日　初版第1刷発行

著　者――若松英輔
発行者――坂上　弘
発行所――慶應義塾大学出版会株式会社
〒108-8346　東京都港区三田2-19-30
TEL〔編集部〕03-3451-0931
〔営業部〕03-3451-3584〈ご注文〉
〔　〃　〕03-3451-6926
FAX〔営業部〕03-3451-3122
振替00190-8-155497
http://www.keio-up.co.jp/
装　丁――中垣信夫＋林　映里［中垣デザイン事務所］
組　版――株式会社キャップス
印刷・製本――中央精版印刷株式会社
カバー印刷――株式会社太平印刷社

Printed in Japan ISBN978-4-7664-2269-6

慶應義塾大学出版会

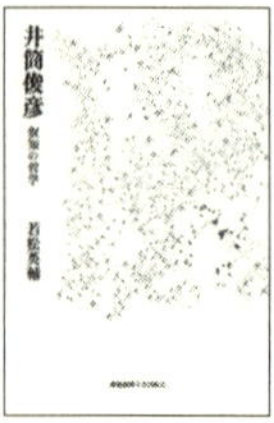

井筒俊彦 叡知の哲学

若松英輔著　少年期の禅的修道を原点に、「東洋哲学」に新たな地平を拓いた井筒俊彦の境涯と思想潮流を、同時代人と交差させ、鮮烈な筆致で描き出す清新な一冊。井筒俊彦年譜つき。　◎3,400円

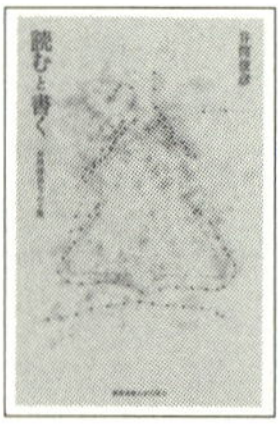

読むと書く　井筒俊彦エッセイ集

井筒俊彦著／若松英輔編　井筒俊彦著作集未収録の 70 篇をテーマごとに編集した待望の書。世界的な言語哲学の権威である著者のコトバ論、詩論、イスラーム論、生い立ちや豊かな人間交流について知ることのできる、井筒俊彦入門に最適の一冊。　◎5,800円

井筒俊彦全集（全 12 巻・別巻）

東洋と西洋の叡知を極めた世界的碩学の全貌がついに明かされる。

第一巻　アラビア哲学　◎6,000円／第二巻　神秘哲学　◎6,800円
第三巻　ロシア的人間　◎6,800円／第四巻　イスラーム思想史　◎6,800円
第五巻　存在顕現の形而上学　◎6,800円／第六巻　意識と本質　◎6,000円
第七巻　イスラーム文化　◎7,800円／第八巻　意味の深みへ　◎6,000円
第九巻　コスモスとアンチコスモス　◎7,000円
第十巻　意識の形而上学　◎7,800円／第十一巻　意味の構造　◎5,800円

〔以下続刊〕
第十二巻　アラビア語入門／別巻　補遺・著作目録・年譜・総索引

表示価格は刊行時の本体価格（税別）です。